Leaves
Publishing

根
以讀者爲其根本

莖
用生活來做支撐

葉
引發思考或功用

果
獲取效益或趣味

親子互動嬉遊書3

古人趣聞真精采

芳芳 著

向日葵 SUNFLOWER

親子互動嬉遊書❸古人趣聞真精采

作　　者：芳芳
出 版 者：葉子出版股份有限公司
企劃主編：萬麗慧
文字編輯：英英
封面、內頁繪圖：林俐
美術設計：蔣文欣
印　　務：許鈞棋
登 記 證：局版北市業字第677號
地　　址：台北市新生南路三段88號7樓之3
電　　話：(02)2366-0309　　　　傳真：(02)2366-0313
讀者服務信箱：service@ycrc.com.tw
網　　址：http://www.ycrc.com.tw
郵撥帳號：19735365　　　　戶名：葉忠賢
製　　版：台裕彩色印刷股份有限公司
印　　刷：大勵彩色印刷股份有限公司
法律顧問：煦日南風律師事務所
初版一刷：2005年6月　　　　新台幣：300元
ISBN：986-7609-60-3

國家圖書館出版品預行編目資料

親子互動嬉遊書3--古人趣聞真精采 / 芳芳著. --
　初版. -- 臺北市：葉子, 2005[民94]
　　　　　面：公分
　　　ISBN 986-7609-60-3(平裝)

　　856.8　　　　　　　　94003195

總 經 銷：揚智文化事業股份有限公司
地　　址：台北市新生南路三段88號5樓之6
電　　話：(02)2366-0309
傳　　真：(02)2366-0310

※本書如有缺頁、破損、裝訂錯誤，請寄回更換

推薦序

語文基礎從小扎根

我們時常感嘆新世代的語文能力大不如前，一篇作文詞不達意、錯別字連篇，令老師擲筆長嘆，不知從何改起，已讓教育界人士共同懷憂，不禁大聲疾呼「重視國語文教育」。但是身處在二十一世紀，各類資訊日新月異、五光十色，令人目不暇給，哪有時間去從事需要慢慢沉澱、細細思索的紙本文字閱讀？

然而，大家也清楚良好的語文根基來自閱讀，閱讀習慣的養成則需從小培養。

閱讀的誘因絕非來自考試，那只會降低甚至喪失閱讀的樂趣。如果在孩子啟蒙期，接觸到的是活潑的文字、有趣的內容、精美的插圖，則閱讀將有如甜美的糖果，吸引孩子一步步的探索，進而走入文學的花園。要在孩子的認知經驗中，讓閱讀成為輕鬆愉快而且是自然而然、自動自發的學習過程，而非無趣、乏味、避之唯恐不及的負擔。

由於對文學的喜好，大學我讀的是文學系，畢業後所從事的也都是文化工作。在全國唯一為兒童設計、語文要求嚴謹、大力推廣閱讀的國語日報，十多年來我發現喜愛寫作的小朋友還是不少，而且屢有佳作。可見只要讓閱讀成為一種生活習慣，在潛移默化之中，語文根基自然扎得穩；而語文基礎扎得穩，思考暢通，學習其他學科也就不會太困難。

中國文學浩瀚博大、源遠流長，但是古文未必艱深難懂，古人也可以很親近現實生活。

芳芳女士很有心，從古文中找智慧，為新世代的孩子選編了這一套淺顯易懂、循序漸進的語文學習書，就像是為孩子鋪設了美麗的花崗石，引領小朋友走入花繁蝶舞的文學花園。

秦嘉華
國語日報編輯、校對組長

線條色彩也能說故事

慶芳老師是我的鄰居，不少和我學畫的小朋友也是她的學生，我雖然和慶芳老師不很熟，但透過學生的閒聊，知道她的小教室不時進行著創意的實驗，和我的畫室有類似的作法，當她把書交給我看時，我立刻被繽紛的插圖吸引了。

以我自己教小朋友畫畫的經驗，十分認同慶芳老師的引導方向，因為她讓小朋友明白故事以後再畫一次插圖，目的不是為了要求線條精細或色彩艷麗，而是讓小朋友把心裡的話用自己的線條表達出來，投射的是孩子們個別的心靈語言，沒有對錯和好壞的評比，只有異同，並且完全的被接納。

正如慶芳老師說的「透過小朋友自己的塗鴉，一問一答，就把故事又重新說一次了。」

每個小朋友的線條語言都充滿驚奇，可能是細細的描繪或四格漫畫，也或許是一幅飄忽的鬼畫符，等著小朋友親自解讀給你聽，之後，一定有相當的效果出現，這也是我和學生之間期望的良性互動。

小朋友的語言、文字、圖畫，其實都是一種情緒表達，重點在於表達的內容是否真實，是否貼近生活。古文看似古人的文言文，給人深奧難懂的印象，但仍不脫生活的智慧，古人、今人的生活都有歷久不變的道理，慶芳老師新編的親子嬉遊書系列故事，選的都是短小、耐人深思的趣味短文，非常適合小學生閱讀。

我欣賞這本書，是綜合了思考、組合、聯想、畫圖和觀察，達到親子之間的互動，相信擁有這本書的大人小孩都能享受一趟圖文創意之旅，為孩子的成長留下一本親子合作的手記書。

洪兆平
專業畫家 主持兒童畫室 琉雲坊玻璃工作室

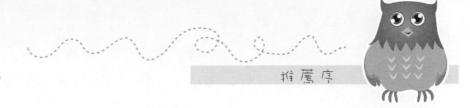

古文，也可以很有趣！

在我的印象裡，古文總是和枯燥、艱澀難懂劃上等號，之所以會有這樣的想法，全拜填鴨式的升學教育所賜，開始大量閱讀古文是在國中的時候，那時候讀古文全是為了應付考試，一篇又一篇的背，然後一篇又一篇的忘記，所以完全無法體會古文真正的意涵以及趣味之處，只記得那時候被迫記了很多東西，認識很多字，同時必須學會怎麼樣把那些難懂的字翻成白話文。

就在我幾乎已經要淡忘那些曾為了考試而刻意背下來的古文時，我看到了芳芳的書，光看書名時，我質疑著，古人怎麼會有趣？是騙人的吧！可是就在我翻閱書籍後，我對古文完全改觀！因為透過芳芳的書讓我體會到古文蘊含的生活智慧以及古人超現代的爆冷式笑料處，這些是我以前所沒有過的體會。

尤其古文的字句很簡單，可是蘊藏的含意很深，雖然不那麼容易了解，可是只要懂了以後，就很難忘記，加上許多的古文念起來有些繞口，可是卻成為訓練自己口齒清晰度的絕佳機會，現在回想起來，雖然求學時代閱讀古文讓我很頭痛，可是無形之中對我的影響卻很深，背記古文，讓我學習更多字彙；翻譯古文，讓我的文筆流暢度更好；朗誦古文，讓我的口齒清晰度更佳。

我沒想到，古文帶給我的收穫這麼大！現在想想，自己對古文的誤解，大概會讓古人想要從墳墓裡跳起來苛責我吧！幸好，透過芳芳書裡巧妙的設計與安排，小朋友們可以完全不必辛苦的背記古文，就能得到古文所帶來的種種好處與收穫，其實不光是小朋友，芳芳的親子嬉遊書系列，也很適合大朋友閱讀。

從短短的文章裡，體會許多的生活智慧，同時藉由書裡許多自己動動手的單元，更讓大小朋友獲得更多的樂趣，所以如果您和絜子一樣，是個對古文有著誤解的人，建議您一定要看看芳芳的親子嬉遊書系列，相信您一定會和我一樣，發現……原來古文也可以很有趣喔！

許斐絜

漢聲電台兒童樂園主持人

（本文作者曾獲兩次金鐘獎廣播兒童節目最佳主持人）

四通八達但不犯規

編寫這幾本古文童書的過程，我遇到一個很大的困擾，就是注音。平常和小朋友說故事並非不需要注音，只是用口語念出來，都沒什麼問題，但是加上標準的注音以後，讀讀看，才發現和平常說的並不一樣。有許多字典上的標準注音，我們說話時根本不會那樣讀，同樣的，有許多字看似錯別字，卻可以通用，我和主編請教了國語日報的朋友，也請教了學校老師，他們都支持教育部每年新修訂的版本。

要說明的是在這本書中，我並不強調逐字的音譯或義譯，我覺得故事應以通達為主，所以不要再落入訓詁的窠臼，不要因為講究如何讀？如何寫？而減少了故事的親和性。我們當然不願犯錯，只是無法保証絕對精準。這樣的作法是有原因的，文字和語言本來就是隨著時代變遷而變異，加上中華民族地方語音的不同，有許多字擁有多種讀法，字和音是否正確？就留給專家學者去研究吧，把故事讀通、想通，才是目的。

在我帶小朋友閱讀寫作的經驗裡，語文能力基本上是無法用年齡來畫分的，家長常問：「多大的孩子才要上作文課？有沒有分年級？你的故事適合中學生讀嗎？」

對不起！我沒有作文補習班的功力，我只是將我多年引導小朋友讀古文、寫短文的經驗拿出來和大家分享，跳脫「作文」就是「國語文」的迷思，作文應該是思考經驗的累積和表達，寫不好，但可以說得好或畫得妙，至少，可以讀得懂、想得開闊，這樣就很好了。

對於孩子們國語文程度的城鄉差距，曾令我驚訝，但是也令我高興，這些上了國中的孩子，可能國文程度不好，但情意是可愛的，帶他們讀古文，可以從情意的角度去要求，漸漸的建立信心和興趣，慢慢的國文程度也會提升，至少，興趣不減。也許，有一天會因為那一點的文學品味，而給自己一個情緒出口。

總之，「喜歡閱讀的孩子不會變壞」這只是一句口號，要讓孩子喜歡閱讀，首先還得要家長肯長遠著眼、不急著看成績才行。

芳芳

十分鐘愛上古文
一輩子享受閱讀

親子互動嬉遊書3

古人趣聞真精采

目錄 Contents

這本書怎麼玩？

本書兼具休閒閱讀和語文練習的作用，不需預設答案，使用方法十分方便，在此大略說明各設計理念。

白話故事配上繽紛的插畫，這部分可增加小朋友對故事的理解力，小朋友也可以另外搭配插畫、重組故事，成為自己的手繪圖畫書。

「創意寫生簿」在圖像思考的時代，故事的表達可轉換成一幅幅漫畫或是其他表現方式，這不是用來參加評比的，而是應用圖像記憶和圖象理解的能力，希望小朋友能從自己的塗鴉或是創作作品說出故事大意。

「生活加油站」不是問答題，但有很大的思考和討論的空間，主要是讓家長陪著小朋友順著問題的引導或指示，一起動動腦筋，發覺生活中的趣味。

「文字翻譯機」是就原文裡的關鍵字加以解釋，這種解釋要配合著上下文的理解，而不是逐字的細究。

古文故事的「原文欣賞」，剛開始讀起來會覺得好像很難，但是如果已先看過白話譯文，大概就已經知道這個故事在說些什麼了，這時當你再讀起原汁原味的古文就不難了。

「句型魔術箱」這部分是從精簡的文句裡，重新拆解，找出主詞、動詞、受詞、副詞等元素，當你能辨別這些元素後，就能架構自己的句子，解讀文意，而不會被古文難倒了。久而久之，也能從不同角度再說一次故事大意。

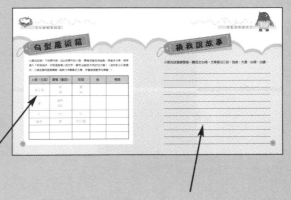

「換我說故事」的單元，可以從「句型魔術箱」抓出句型重說故事。

　　總之，這是一客自助餐，能做多少就做多少，翻過並且讀到有趣的部分，寫過並且隨意畫畫，反覆思考並且不在乎表現多少，只要能從書裡吸收到你能吸收的養分，又何必一定要章章讀遍，題題答完呢？別忘了輕鬆才有收穫，我們是和孩子玩味文字和故事，不是做功課和考試啊！

牛畫家不懂牛？

　　馬正惠是個文人雅士，喜歡收藏書畫，有一次，他把收藏的書畫攤在大廳門口曬太陽，其中有一幅是名家戴胄的鬥牛圖，那是馬正惠最珍愛的畫。

　　一天，有一個農夫正好到馬正惠家中交地租，他望著鬥牛圖，手掩著嘴巴偷笑，馬正惠覺得奇怪，問他笑什麼？他回答：「我是個種田的人，不懂畫，但我熟悉牛的習性，當牠正在鬥力時，尾巴夾在後腿之間，夾得很緊，再有力的人去拉都拉不出來，這幅畫裡的兩頭牛，尾巴都翹得好高，不像真實的情況。」農

夫ㄈㄨ對ㄉㄨㄟˋ牛ㄋㄧㄡˊ的ㄉㄜ˙認ㄖㄣˋ識ㄕˋ和ㄏㄜˊ說ㄕㄨㄛ法ㄈㄚˇ，讓ㄖㄤˋ馬ㄇㄚˇ正ㄓㄥˋ惠ㄏㄨㄟˋ深ㄕㄣ感ㄍㄢˇ佩ㄆㄟˋ服ㄈㄨˊ。

生活加油站

農夫不懂畫，可是他懂得生活，懂得和大自然相處，小朋友是否曾經近距離觀察牛、馬、羊…等大型牲畜的習性呢？試著從相關成語去對照，就能明白「牛脾氣」、「路遙知馬力」、「羊腸小徑」的由來了。（淺灰色字是提示，小朋友可以有自己的想法，千萬不要照著抄喔！）

我覺得故事裡的農夫雖然不懂畫，但他懂得生活，更懂得從大自然裡取得學問，

他是個動手動腦的生活大師。我曾近距離觀察過天竺鼠、金魚、貓咪，天竺鼠是

我養過最可愛的寵物。我猜羊的腸子一定是細細長長的像山間小路，不然怎會有

「羊腸小徑」的語詞？

創意寫生簿

請小朋友用自己的方式畫一個故事，不必畫得很好，即使只有簡單的幾個筆畫也沒關係，只要畫得有意思，能幫助自己說出故事始末，就是好作品。

原文欣賞

　　馬ㄇㄚˇ正ㄓㄥˋ惠ㄏㄨㄟˋ公ㄍㄨㄥ嘗ㄔㄤˊ①珍ㄓㄣ其ㄑㄧˊ所ㄙㄨㄛˇ藏ㄘㄤ戴ㄉㄞˋ冑ㄓㄡˋ「鬥ㄉㄡˋ牛ㄋㄧㄡˊ圖ㄊㄨˊ」。

　　暇ㄒㄧㄚˊ日ㄖˋ②展ㄓㄢˇ曝ㄆㄨˋ③於ㄩˊ廳ㄊㄧㄥ前ㄑㄧㄢˊ。有ㄧㄡˇ輸ㄕㄨ租ㄗㄨ④氓ㄇㄥˊ⑤見ㄐㄧㄢˋ而ㄦˊ竊ㄑㄧㄝˋ笑ㄒㄧㄠˋ⑥。

　　公ㄍㄨㄥ疑ㄧˊ之ㄓ，問ㄨㄣˋ其ㄑㄧˊ故ㄍㄨˋ，對ㄉㄨㄟˋ曰ㄩㄝ：「農ㄋㄨㄥˊ非ㄈㄟ知ㄓ⑦畫ㄏㄨㄚˋ，乃ㄋㄞˇ識ㄕˋ真ㄓㄣ牛ㄋㄧㄡˊ，方ㄈㄤ其ㄑㄧˊ鬥ㄉㄡˋ時ㄕˊ⑧，夾ㄐㄧㄚˊ尾ㄨㄟˇ於ㄩˊ髀ㄅㄧˋ間ㄐㄧㄢ⑨，雖ㄙㄨㄟ壯ㄓㄨㄤˋ夫ㄈㄨ脅ㄒㄧㄝˊ力ㄌㄧˋ⑩，不ㄅㄨˋ能ㄋㄥˊ出ㄔㄨ⑪之ㄓ。此ㄘˇ圖ㄊㄨˊ皆ㄐㄧㄝ舉ㄐㄩˇ其ㄑㄧˊ尾ㄨㄟˇ，似ㄙˋ不ㄅㄨˋ類ㄌㄟˋ矣ㄧˇ⑫。」公ㄍㄨㄥ為ㄨㄟˋ之ㄓ嘆ㄊㄢˋ服ㄈㄨˊ。

宋ㄙㄨㄥˋ・曾ㄗㄥ敏ㄇㄧㄣˇ行ㄒㄧㄥˊ【獨ㄉㄨˊ醒ㄒㄧㄥˇ雜ㄗㄚˊ志ㄓˋ】

文字翻譯機

嘗 ①：曾經、有一次。

暇日 ②：空閒的日子。

展曝 ③：打開來曝曬。

輸租 ④：交租地的費用。

氓 ⑤：販夫走卒、工人。

竊笑 ⑥：偷笑。

農 ⑦：農夫自稱。

方 ⑧：正當。

髀 ⑨：大腿接近屁股的
地方。

膋力 ⑩：用力。

出 ⑪：拉出。

類 ⑫：像。

句型魔術箱

小朋友回想一下故事內容，找出故事中的人物、事情和發生的地點…等基本元素，依序填入下列表格中。利用這些填入的文字，就可以組成不同的句子喔！（淺字部分只是提示，小朋友請和爸爸媽媽一起努力多讀幾次文章，你會發現更多元素喔！）

人物（主詞）	事情（動詞）	受詞	地	情緒
馬正惠	曝 疑	畫 氓		
氓	輸租 竊笑			
牛	鬥	牛		
戴冑	畫	鬥牛圖		

牛畫家不懂牛？

換我說故事

小朋友試著練習寫一篇短文心得，文章要分三段，包含：大意、心得、出處。

_____

_____

_____

_____

_____

_____

_____

_____

_____

_____

2 王子猷風雪夜訪友

　　王子猷住在山陰，有一個晚上，天空下起大雪，王子猷睡醒後，打開門窗，叫人準備酒菜，他看著潔白的雪景，因為不知要做什麼好，就開始歌詠著左思的「招隱詩」，又忽然想起好友戴安道，那時戴安道住在剡這個地方，王子猷也不管路途多遠，便立刻起身搭小船去找他。

　　王子猷趕了一夜的路才到達剡，但是到了戴安道家門口時，王子猷卻沒有進去就轉身回山陰了，人家問他為什麼這樣？他說：「我趁著興致高昂的時候出門，既然已經滿足了出門

看_{ㄎㄢ}朋_{ㄆㄥ}友_{ㄧㄡ}的_{ㄉㄜ}興_{ㄒㄧㄥ}致_ㄓ，又_{ㄧㄡ}何_{ㄏㄜ}必_{ㄅㄧ}一_ㄧ定_{ㄉㄧㄥ}要_{ㄧㄠ}看_{ㄎㄢ}到_{ㄉㄠ}戴_{ㄉㄞ}安_ㄢ道_{ㄉㄠ}呢_{ㄋㄜ}？」

古人趣聞真精采

生活加油站

小朋友你曾像王子猷一樣這麼任性，想做什麼就立刻去做，但是做了一半又不想
做了嗎？例如：看到人家彈琴，你被那彈琴者陶醉的神情迷住了，也去學琴，卻
在還沒嚐到陶醉的滋味時就半途而廢了。但有時候這些任性的行為往往只是一個
體驗的過程，卻無關對不對、應不應該，或值不值得去做，不妨和爸爸媽媽討論
看看。

_____

_____

_____

_____

_____

_____

_____

_____

創意寫生簿

請小朋友用自己的方式畫一個故事，不必畫得很好，即使只有簡單的幾個筆畫也沒關係，只要畫得有意思，能幫助自己說出故事始末，就是好作品。

原文欣賞

王子猷居山陰。

夜大雪。眠覺①，開室，命酌②酒，四望皎然③。

因起傍徨④，詠左思「招隱詩」。忽憶⑤戴安道，時戴在剡，即便夜乘小船就⑥之⑦。經宿⑧方至，造門⑨不前而返。

人問其故，王曰：「吾本乘興⑩而來，興盡⑪而返，何必見戴？」

南北朝・劉義慶【世說新語】

文字翻譯機

眠覺 ① ：睡醒。

酌 ② ：倒酒。

皎然 ③ ：潔白的樣子。

徬徨 ④ ：心神不寧、不知做什麼好。

憶 ⑤ ：想起。

就 ⑥ ：去、接近。

之 ⑦ ：戴安道。

宿 ⑧ ：過夜。

造門 ⑨ ：到了門口。

興 ⑩ ：興致、熱忱。

盡 ⑪ ：沒了、空了。

句型魔術箱

小朋友回想一下故事內容，找出故事中的人物、事情和發生的地點…等基本元素，依序填入下列表格中。利用這些填入的文字，就可以組成不同的句子喔！（淺字部分只是提示，小朋友請和爸爸媽媽一起努力多讀幾次文章，你會發現更多元素喔！）

人物（主詞）	事情（動詞）	受詞	地	情緒
王子猷	乘 開 命 望 詠 憶	興 室 僕 四周 詩 戴安道		徬徨

王子戴風雪夜訪友

換我說故事

小朋友試著練習寫一篇短文心得，文章要分三段，包含：大意、心得、出處。

_____

_____

_____

_____

_____

_____

_____

_____

_____

_____

3 王旦不亂買東西

　　王旦和弟弟旭的感情很好，平常穿著很樸素。有一天，有個賣玉腰帶的人來推銷玉腰帶，王旦的弟弟認為那些腰帶很不錯，就拿給王旦看，王旦叫弟弟繫上腰帶，然後問弟弟：「還覺得很不錯嗎？」弟弟說：「已經繫在身上了，自己哪看得出好不好？」王旦就說：「自己帶那麼重的東西，只是為了讓別人稱讚『不錯！』不必這麼辛苦吧？」弟弟聽了趕緊把玉腰帶拿去還人。

古人趣聞真精采

生活加油站

好東西永遠會推陳出新，也永遠買不完，小朋友分得出什麼是自己需要的？什麼是必要的？什麼是想要的？什麼又是多要的東西嗎？

_____

_____

_____

_____

_____

_____

_____

_____

_____

_____

創意寫生簿

請小朋友用自己的方式畫一個故事,不必畫得很好,即使只有簡單的幾個筆畫也沒關係,只要畫得有意思,能幫助自己說出故事始末,就是好作品。

古人趣聞真精采

原文欣賞

王旦^{ㄨㄤˊ}與弟旭友愛①，居家，被服質素②。

有貨玉帶者③，旭以為佳，呈旦④。旦命繫之⑤，曰：「還見佳否？」曰：「繫之安得自見？」

曰：「自負重⑥，而使觀者稱好，毋乃勞夫⑦？」因亟還之⑧。

【無出處】

文字翻譯機

友愛 ① ：友好。

被服質素 ② ：穿著很樸素。

貨 ③ ：賣。

呈 ④ ：輩分小的人拿東西給輩分大的看。

繫 ⑤ ：綁好。

負 ⑥ ：負擔。

勞 ⑦ ：辛苦。

亟 ⑧ ：急、趕緊。

句型魔術箱

小朋友回想一下故事內容，找出故事中的人物、事情和發生的地點…等基本元素，依序填入下列表格中。利用這些填入的文字，就可以組成不同的句子喔！（淺字部分只是提示，小朋友請和爸爸媽媽一起努力多讀幾次文章，你會發現更多元素喔！）

人物（主詞）	事情（動詞）	受詞	地	情緒
王旦	友愛 被 命	旭 服 旭		
旭	繫 還 呈	玉腰帶 玉腰帶 玉腰帶		

換我說故事

小朋友試著練習寫一篇短文心得，文章要分三段，包含：大意、心得、出處。

_____

_____

_____

_____

_____

_____

_____

_____

_____

_____

4 曾子食魚

　　有一次，曾子吃魚沒吃完，就叫門下學生把剩下的魚拿去用水煮過後再保存起來，學生說：「用水煮太麻煩，而且容易讓魚肉走味變質，對身體不好，不如用醃的。」曾子聽了，突然皺起眉頭，看來就像要哭了，他說：「是這樣嗎？我從前都是煮過了再留著吃，已經做錯很久了，我不是故意的。」曾子這樣懊惱，是因為他沒有早一點知道這樣做是不好的，不然他就不會這樣做了。

古人趣聞真精采

生活加油站

有許多事看起來不嚴重，不知不覺就養成習慣了，小朋友想想看，自己或別人有
沒有發生類似的事，當你發現一些小小的錯誤以後，會有什麼反應？

_____

_____

_____

_____

_____

_____

_____

_____

_____

請小朋友用自己的方式畫一個故事，不必畫得很好，即使只有簡單的幾個筆畫也沒關係，只要畫得有意思，能幫助自己說出故事始末，就是好作品。

曾子食魚，有餘，曰：「泔①之。」門人曰：「泔②之傷人，不若奥③之。」

曾子泣涕曰：「有意心乎哉？」傷其聞④之晚也。

戰國·荀子【荀子】

文字翻譯機

曾子 ①：春秋末魯南武城人，是孔子的學生。

泔 ②：洗米的水，動詞就是用水煮。

奧 ③：醃起來保存。

聞 ④：聽到。

句型魔術箱

小朋友回想一下故事内容，找出故事中的人物、事情和發生的地點…等基本元素，依序填入下列表格中。利用這些填入的文字，就可以組成不同的句子喔！（淺字部分只是提示，小朋友請和爸爸媽媽一起努力多讀幾次文章，你會發現更多元素喔！）

人物（主詞）	事情（動詞）	受詞	地	情緒
曾子	食 泣	魚 魚		
門人	奧	魚		

換我說故事

小朋友試著練習寫一篇短文心得，文章要分三段，包含：大意、心得、出處。

_____

_____

_____

_____

_____

_____

_____

_____

_____

_____

_____

5 玄奘心繫老松樹

　　唐朝的玄奘法師要去西域取經時，曾用手摸著靈巖寺的松枝說：「我要去很遠的西方取經，你可以朝著西方生長，就好像看到我一樣；等我取得經典，要回來時，你才可以朝東方生長。」

48

　　玄奘離開以後，　那棵松樹果然一直朝西方生長，　但是有一天晚上，　松樹突然轉向東方。玄奘的弟子都說：　「　我們的師父一定快回來了。　」　果然，　不久以後玄奘就回來了。　後來的人就把那棵松樹叫做摩頂松，　就是指被玄奘摸過的松樹和法師靈犀相通。

生活加油站

這故事感覺好像有點怪力亂神，小朋友不妨做個實驗，每天對一株植物說話，並注意它的生長情況，這時你可能就會發現植物對人的關心是有感覺的，從你開始關心它以後，它就長得更好了。

玄奘心繫老松樹

請小朋友用自己的方式畫一個故事,不必畫得很好,即使只有簡單的幾個筆畫也沒關係,只要畫得有意思,能幫助自己說出故事始末,就是好作品。

原文欣賞

　　玄奘法師往西域取經①，手摩②靈巖寺松枝曰：「吾西去求佛教，汝可西長③，吾歸即東向④。」

　　既去，其枝年年西指，一夕，忽東向。

　　弟子曰：「教主歸矣！」果還⑤。

　　今⑥謂之摩⑦頂松。

唐‧劉肅【大唐新語】

文字翻譯機

取經 ①：去西方拿佛經回來翻譯。

摩 ②：用手摸。

西長 ③：向西方生長。

東向 ④：向東方。

果還 ⑤：果然回來。

今 ⑥：今天、現在。

摩頂 ⑦：摸頭。

句型魔術箱

小朋友回想一下故事內容，找出故事中的人物、事情和發生的地點…等基本元素，依序填入下列表格中。利用這些填入的文字，就可以組成不同的句子喔！（淺字部分只是提示，小朋友請和爸爸媽媽一起努力多讀幾次文章，你會發現更多元素喔！）

人物（主詞）	事情（動詞）	受詞	地	情緒
玄奘	摩 歸	松枝		
松	向	西 東		

換 我 說 故 事

小朋友試著練習寫一篇短文心得，文章要分三段，包含：大意、心得、出處。

_____

_____

_____

_____

_____

_____

_____

_____

_____

_____

6 呂蒙讀書不嫌晚

　　當吳國剛打敗曹操時，吳王孫權就跟武將呂蒙說：「你現在當了掌權的人，一定要多讀書。」呂蒙表示軍務太多而拒絕了孫權的建議，孫權緊接著說：「我不是要你讀書讀成博士，而是要你多接觸各種知識，多知道一些過去的事，以便從古人的故事借鏡做事的方法，你說你事情多，哪有我多？我還是常常讀書，而且覺得多讀書對各方面都很有幫助。」

　　呂蒙聽了以後，就開始用功讀書，有一天魯肅經過尋陽，和呂蒙談論時事，他發現呂蒙進步很多，驚訝的說：「才多久沒看到你，你

就變了一個人， 我得要張大眼睛仔細看看你了， 現在的你比從前有見識， 和當初在吳郡時完全不一樣了。 」

呂蒙說： 「 難道你沒聽說如果和愛讀書的人分別三天， 就要對他另眼看待了嗎？ 老哥， 是你了解得太晚了。 」

之後， 魯肅拜別呂蒙的母親， 也和呂蒙成了好朋友， 然後離開了尋陽。

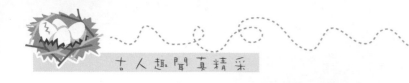

生活加油站

小朋友，你曾經察覺自己生命中的轉捩點嗎？或是你希望自己有什麼改變嗎？

_____

_____

_____

_____

_____

_____

_____

_____

_____

_____

_____

_____

創意寫生簿

請小朋友用自己的方式畫一個故事，不必畫得很好，即使只有簡單的幾個筆畫也沒關係，只要畫得有意思，能幫助自己說出故事始末，就是好作品。

古人趣聞真精采

原文欣賞

初，孫權謂呂蒙曰：「卿①今當塗掌事，不可不學！」蒙辭②以軍中多務③。

權曰：「孤④豈欲卿治經為博士邪！但當涉獵，見往事耳。卿言多務，孰若孤？孤常讀書，自以為大有所益。」

蒙乃始就學，及魯肅過尋陽⑤，與蒙論議，大驚曰：「卿今者才略，非復吳下⑥阿蒙！」

蒙曰：「士別⑦三日，即更刮目⑧相待，大兄何見事之晚⑨乎！」肅遂拜蒙母，結友而別。

宋·司馬光【資治通鑑】

60

文字翻譯機

卿①：你。

辭②：拒絕、不接受。

務③：事情、雜務。

孤④：我。

過⑤：經過。

吳下⑥：吳郡、地方名。

別⑦：分開。

刮目⑧：張大眼睛。

晚⑨：慢、久。

句型魔術箱

小朋友回想一下故事內容，找出故事中的人物、事情和發生的地點…等基本元素，依序填入下列表格中。利用這些填入的文字，就可以組成不同的句子喔！（淺字部分只是提示，小朋友請和爸爸媽媽一起努力多讀幾次文章，你會發現更多元素喔！）

人物（主詞）	事情（動詞）	受詞	地	情緒
孫權	讀 謂	書 呂蒙		
呂蒙	學 辭			
魯肅	過 論議 拜 結	尋陽 蒙母		

換我說故事

小朋友試著練習寫一篇短文心得，文章要分三段，包含：大意、心得、出處。

_____

_____

_____

_____

_____

_____

_____

_____

_____

_____

_____

李白和磨針老嫗

　　李白讀書讀到一半，就丟下書本跑出去玩了。他在街上遇到了一位老太婆，蹲在路邊磨著粗鐵棍，李白問她在做什麼？老太婆回答：「要磨成針。」李白覺得那是不可能的，他笑老太婆是笨蛋，老太婆說：「只要磨的功夫夠了，自然磨得成一根針。」李白被她的話感動，就回家拿起書本，把書都念完，最後還發憤圖強完成學業，長大以後，終於成為非常有學問的人。

生活加油站

一根粗鐵棍要磨成細針，現在不是難事，過去也不是難事，只要用對了方法，功力夠了，能不能完成是遲早的事。小朋友不妨和自己約定，擬定計畫，例如：在一定時間內看完一本書，或是畫完幾幅畫……，把約定的事情寫下來，藏在某處，等時間到了再拿出來對照，你會發現，總有一天一定能完成和自己約定的事。相反的，如果做事沒有計畫，或是沒有事先約定和對照，可能就永遠沒有完成的一天。

_____

_____

_____

_____

_____

_____

請小朋友用自己的方式畫一個故事，不必畫得很好，即使只有簡單的幾個筆畫也沒關係，只要畫得有意思，能幫助自己說出故事始末，就是好作品。

原文欣賞

　　李白讀書未成，棄去①，道逢老嫗磨②杵③，白問故④，曰：「欲作針」。白笑其拙⑤，老婦曰：「功到自成耳。」白大為感動，遂⑥還讀卒⑦業，卒成名士⑧。

【日記故事】

文字翻譯機

棄 ①：放棄、半途而廢。

老嫗 ②：老太婆。

杵 ③：粗的棒棍或鐵棍。

故 ④：緣故、原因。

拙 ⑤：笨。

遂 ⑥：就、於是。

卒 ⑦：完成到最後。

士 ⑧：讀書人、有學問的人。

句型魔術箱

小朋友回想一下故事內容，找出故事中的人物、事情和發生的地點…等基本元素，依序填入下列表格中。利用這些填入的文字，就可以組成不同的句子喔！（淺字部分只是提示，小朋友請和爸爸媽媽一起努力多讀幾次文章，你會發現更多元素喔！）

人物（主詞）	事情（動詞）	受詞	地	情緒
李白	棄 笑 讀	學業 老嫗 書		
老嫗	磨	針		

古人趣聞真精采

換我說故事

小朋友試著練習寫一篇短文心得，文章要分三段，包含：大意、心得、出處。

_____

_____

_____

_____

_____

_____

_____

_____

_____

_____

_____

8 李廣一箭穿石

　　李廣是漢朝的一位武將，有一次，他帶著軍隊兄弟一起去冥山北方打獵，老遠的看見一隻老虎臥躺著，他立刻拉弓發射，沒想到一箭就射中了。

為了表示自己的神勇威風，李廣把虎頭割下當作自己的枕頭，再請人用銅打造了老虎形狀的便盆，以表示他根本不把猛虎放在眼裡。

　　後來，有一天，李廣又去冥山打獵，這次在冥山南方同樣看到一隻臥躺著的老虎，他和上次一樣發箭射虎，這次，箭整枝射入虎身，只看到箭尾一點點羽毛露在外頭，靠近一看，原來是一個輪廓像老虎的石頭，李廣退了一步再射一次，但是，這次箭頭和箭幹都折斷了，石虎沒有任何損傷。

　　李廣和楊子雲提起這件事，問他為何第一次射得進石虎，第二次就不行？楊子雲說：「用心專注，再硬的金和石都會被射進。」

73

生活加油站

請小朋友試用成語「精誠所至，金石為開」造句，並列舉生活實例說明。

_____

_____

_____

_____

_____

_____

_____

_____

_____

_____

_____

請小朋友用自己的方式畫一個故事，不必畫得很好，即使只有簡單的幾個筆畫也沒關係，只要畫得有意思，能幫助自己說出故事始末，就是好作品。

李廣一箭穿石

古人趣聞真精采

原文欣賞

　　李ㄌ廣ㄍㄨㄤˇ與ㄩˇ兄ㄒㄩㄥ弟ㄉㄧˋ，共ㄍㄨㄥˋ獵ㄌㄧㄝˋ於ㄩˊ冥ㄇㄧㄥˊ山ㄕㄢ之ㄓ北ㄅㄟˇ①。見ㄐㄧㄢˋ臥ㄨㄛˋ虎ㄏㄨˇ焉ㄧㄢ，射ㄕㄜˋ之ㄓ②，一一矢ㄕˇ即ㄐㄧˊ斃ㄅㄧˋ③。

　　斷ㄉㄨㄢˋ其ㄑㄧˊ髑ㄉㄨˊ髏ㄌㄡˊ以ㄧˇ爲ㄨㄟˊ枕ㄓㄣˇ④，示ㄕˋ服ㄈㄨˊ猛ㄇㄥˇ也ㄧㄝˇ；鑄ㄓㄨˋ銅ㄊㄨㄥˊ象ㄒㄧㄤˋ其ㄑㄧˊ形ㄒㄧㄥˊ爲ㄨㄟˊ溲ㄙㄡ器ㄑㄧˋ⑥，示ㄕˋ厭ㄧㄢˋ辱ㄖㄨˇ之ㄓ也ㄧㄝˇ⑦。

　　他ㄊㄚ日ㄖˋ⑧，復ㄈㄨˋ獵ㄌㄧㄝˋ於ㄩˊ⑨冥ㄇㄧㄥˊ山ㄕㄢ之ㄓ陽ㄧㄤˊ⑩，又ㄧㄡˋ見ㄐㄧㄢˋ臥ㄨㄛˋ虎ㄏㄨˇ，射ㄕㄜˋ之ㄓ，沒ㄇㄛˋ矢ㄕˇ飲ㄧㄣˇ羽ㄩˇ⑪。

　　進ㄐㄧㄣˋ而ㄦˊ視ㄕˋ之ㄓ，乃ㄋㄞˇ石ㄕˊ也ㄧㄝˇ，其ㄑㄧˊ形ㄒㄧㄥˊ類ㄌㄟˋ虎ㄏㄨˇ⑫。退ㄊㄨㄟˋ而ㄦˊ更ㄍㄥ射ㄕㄜˋ，鏃ㄗㄨˊ破ㄆㄛˋ簳ㄍㄢˇ折ㄓㄜˊ石ㄕˊ不ㄅㄨˋ傷ㄕㄤ⑬。

　　余ㄩˊ嘗ㄔㄤˊ以ㄧˇ問ㄨㄣˋ楊ㄧㄤˊ子ㄗˇ雲ㄩㄣˊ。子ㄗˇ雲ㄩㄣˊ曰ㄩㄝ：「至ㄓˋ誠ㄔㄥˊ，則ㄗㄜˊ金ㄐㄧㄣ石ㄕˊ爲ㄨㄟˊ開ㄎㄞ。」

漢ㄏㄢˋ‧劉ㄌㄧㄡˊ歆ㄒㄧㄣ【西ㄒㄧ京ㄐㄧㄥ雜ㄗㄚˊ記ㄐㄧˋ】

文字翻譯機

共獵 ①：一起打獵。

之 ②：虎。

斃 ③：死。

髑髏 ④：即骷髏，這裡指死老虎的頭。

象 ⑤：像。

溲器 ⑥：便盆。

辱 ⑦：瞧不起。

他日 ⑧：改天，將來有一天。

復 ⑨：又，再。

陽 ⑩：南。

沒矢飲羽 ⑪：箭被吃進去，箭尾的羽毛也被吞進去了。

類 ⑫：很像。

鏃破幹折 ⑬：箭頭破碎了，箭的枝幹折斷了。

句型魔術箱

小朋友回想一下故事內容，找出故事中的人物、事情和發生的地點…等基本元素，依序填入下列表格中。利用這些填入的文字，就可以組成不同的句子喔！（淺字部分只是提示，小朋友請和爸爸媽媽一起努力多讀幾次文章，你會發現更多元素喔！）

人物（主詞）	事情（動詞）	受詞	地	情緒
李廣	射 斷	石虎 言		
余	問			
楊子雲	曰			

換我說故事

小朋友試著練習寫一篇短文心得，文章要分三段，包含：大意、心得、出處。

_____

_____

_____

_____

_____

_____

_____

_____

_____

_____

9 周興自作自受

有人告狀說周興和丘神勣互相串通做壞事，武則天命令來俊臣去調查。

來俊臣那時正和周興共餐，一邊還談著公事，一邊對周興說：「我對那些不願認罪的囚犯很傷腦筋，不知該用什麼方法讓他們認罪？」

周興說：「這好辦！找一個大甕來，在甕的四周放炭燃燒，再

80

叫囚犯進入甕內，看他還有什麼事不承認的？」

來俊臣依照周興的建議，找來了大甕，用火圍燒，接著就告訴周興說：「有人告狀說你想造反，不管你承不承認，現在，請你進入甕內吧！」

周興嚇得立刻跪地認罪。

古人趣聞真精采

生活加油站

現代人泡湯養生，水的溫度、香氣、配方……等決定著泡湯的舒適度，如果有一甕香噴噴的藥草湯，請君入甕，小朋友進不進去呢？周興萬萬沒想到他惡毒的點子，稍加改變就成了現代的養生時尚。但是，泡湯要注意溫度和自己的體質，不然，很容易發生危險喔！

_____

_____

_____

_____

_____

_____

_____

_____

_____

_____

周與自作自受

創意寫生簿

請小朋友用自己的方式畫一個故事,不必畫得很好,即使只有簡單的幾個筆畫也沒關係,只要畫得有意思,能幫助自己說出故事始末,就是好作品。

原文欣賞

①或㐌告㐌文昌㐌右㐌丞㐌周㐌興㐌與㐌丘㐌神㐌勣㐌通㐌謀。太后命來俊鞫之③。

俊臣與興方推事對食④，謂興曰：「囚多不承⑤，當為何法？」

興曰：「此甚易耳，取大甕，以炭四周炙之⑥，令囚入中，何事不承？」

俊臣乃索大甕⑦，火圍如興法。因起謂興曰⑧：「有內狀推兄，請兄入此甕。」

興惶恐叩頭伏罪⑨。

宋·司馬光【資治通鑑】

文字翻譯機

或 ①：有人。

通謀 ②：暗中串通。

鞫 ③：審問。

推事 ④：研究事情。

承 ⑤：承認。

炙 ⑥：生火、加熱。

索 ⑦：要求、取來。

狀 ⑧：告狀。

伏 ⑨：低頭認罪。

句型魔術箱

小朋友回想一下故事內容，找出故事中的人物、事情和發生的地點…等基本元素，依序填入下列表格中。利用這些填入的文字，就可以組成不同的句子喔！（淺字部分只是提示，小朋友請和爸爸媽媽一起努力多讀幾次文章，你會發現更多元素喔！）

人物（主詞）	事情（動詞）	受詞	地	情緒
來俊臣	鞫 食 推事 索	周興 大甕		
周興	伏 叩頭			惶恐

換 我 說 故 事

小朋友試著練習寫一篇短文心得，文章要分三段，包含：大意、心得、出處。

_____

_____

_____

_____

_____

_____

_____

_____

_____

_____

_____

10 季札寶劍贈友

　　季札初次被派出國當大使，從北路經過徐國，他拜訪了徐國的國君，看得出國君很喜歡他的佩劍，但不好意思說出來，雖然季札心裡知道，可是季札因為還有任務，必須到其他更大的國家去，所以就沒有把佩劍獻出來，但心裡已準備好回程時要送給徐國的國君。

　　等季札完成任務回程時，再到徐國，徐國的國君卻已經死了，於是，他把劍解下來掛在國君墳墓旁的一棵樹上，隨從問他：「徐國的國君已經死了，這把劍是要

送給誰呢？」季札說：「不能這麼說，當初我既然默許要送劍給國君，怎麼可以因為他死了就不算數？」

生活加油站

自己答應的事，無論如何都要完成，這是一種對自己的交代而不是對別人。雖然季札贈劍給死去的徐國國君沒有任何作用，但是，他掛劍的動作就好像一種儀式，不但完成自己的心願，也告慰了天上的國君。有時儀式的進行是為了情感的表達，所以千萬不要忽視。小朋友曾經體驗過哪些讓你覺得又感動、又難忘的儀式呢？

_____

_____

_____

_____

_____

_____

_____

_____

創 意 寫 生 簿

請小朋友用自己的方式畫一個故事,不必畫得很好,即使只有簡單的幾個筆畫也沒關係,只要畫得有意思,能幫助自己說出故事始末,就是好作品。

原文欣賞

　　季札之初使①，北過徐君②，徐君好季札劍③，口弗敢言④。季札心知之，爲使上國，未獻⑤。

　　還⑥，至徐，徐君已死。於是乃解其寶劍，繫之徐君樹而去⑦。

　　從者⑧曰：「徐君已死，尚誰予乎⑨？」季子曰：「不然⑩，始⑪吾心已許之⑫，豈以死倍吾心哉⑬？」

西漢‧司馬遷【史記】

文字翻譯機

初使 ①：初次出使。

徐君 ②：徐國的國君。

好 ③：喜歡。

弗 ④：不。

獻 ⑤：奉送。

還 ⑥：回來。

樹 ⑦：墓旁的樹。

從者 ⑧：隨從。

予 ⑨：給。

不然 ⑩：不是這樣。

始 ⑪：當初。

許 ⑫：答應。

倍 ⑬：違背、背信。

句型魔術箱

小朋友回想一下故事內容，找出故事中的人物、事情和發生的地點…等基本元素，依序填入下列表格中。利用這些填入的文字，就可以組成不同的句子喔！（淺字部分只是提示，小朋友請和爸爸媽媽一起努力多讀幾次文章，你會發現更多元素喔！）

人物（主詞）	事情（動詞）	受詞	地	情緒
季札	使 還 解	徐國 徐國 劍		
徐君	好	季札劍		

換我說故事

小朋友試著練習寫一篇短文心得，文章要分三段，包含；大意、心得、出處。

_____

_____

_____

_____

_____

_____

_____

_____

_____

_____

11 拓跋珪愛讀書

　　拓跋珪請教負責管理經書的文化官李先：「天下哪種東西最好？可以充實人的精神，增加人的智慧。」李先回答：「沒有比書更好的東西了。」拓跋珪說：「全天下有多少書？要怎樣才能收集齊全？」李先又回答：「自從有文字以來，時時都有新的書產生，多得難以估計，如果你真的喜歡，不必擔心找不到。」

　　拓跋珪聽了李先的話，立刻下令各地把徵收到的書籍都送到平城。

 古人趣聞真精采

生活加油站

小朋友有自己特別喜歡的書嗎？是哪一類的書？你曾參加過讀書會或書迷俱樂部
嗎？或是曾經加入過網路家族嗎？現在的科技進步、發達，讀書已經不再限於文
字和書本了，甚至還有影像和討論的功能，目的都是為了增加智慧，充實生活。

_____

_____

_____

_____

_____

_____

_____

_____

_____

創意寫生簿

請小朋友用自己的方式畫一個故事，不必畫得很好，即使只有簡單的幾個筆畫也沒關係，只要畫得有意思，能幫助自己說出故事始末，就是好作品。

原文欣賞

　　拓跋珪問博士李先[1]曰：「天下何物最善[2]，可以益人神智[3]？」對曰：「莫若書籍。」

　　珪曰：「書籍凡[4]有幾何，如何可集[5]？」對曰：「自書契以來[6]，世有滋益，以至於今，不可勝計。苟人主所好，何憂不集？」

　　珪從之[7]，命郡縣大索[8]書籍，悉[9]送平城。

宋・司馬光【資治通鑑】

文字翻譯機

博士 ①：管文化的官。

最善 ②：最好、最有價值。

神智 ③：精神和智慧。

凡 ④：所有。

集 ⑤：收集。

契 ⑥：字。

從 ⑦：聽從。

索 ⑧：要、取。

悉 ⑨：全、都。

句型魔術箱

小朋友回想一下故事內容，找出故事中的人物、事情和發生的地點…等基本元素，依序填入下列表格中。利用這些填入的文字，就可以組成不同的句子喔！（淺字部分只是提示，小朋友請和爸爸媽媽一起努力多讀幾次文章，你會發現更多元素喔！）

人物（主詞）	事情（動詞）	受詞	地	情緒
拓跋珪	問	李先		
書				

換我說故事

小朋友試著練習寫一篇短文心得，文章要分三段，包含：大意、心得、出處。

_____

_____

_____

_____

_____

_____

_____

_____

_____

_____

12 東方朔喝霸王酒

　　君山有一條地下道可以通到吳包山，聽說吳包山上有許多美酒，能喝到那裡美酒的人就能永生不死。漢武帝齋戒七天以後，派男女幾十人去君山取不死酒，正要喝下去時，東方朔說：「我了解這種酒的真假，請讓我檢查。」接著就一口把酒喝光了。武帝氣得要殺東方朔，東方朔說：「你殺死我，就表示這酒不靈驗，這酒如果是不死酒，你就殺不死我。」武帝聽了東方朔的話，知道是自己太迷信，就放了東方朔。

東方朔喝霸王酒

生活加油站

東方朔的作法真是聰明，他的用意應該是為了喚醒皇上的神仙夢，因為世界上哪有什麼不死酒？皇上的感覺應該就像下棋被將了一軍，如果不想被將軍就得犧牲一顆棋子；相反的，如果捨不得犧牲一顆棋，就得被將一軍。小朋友你有什麼想法呢？要是你是東方朔會用怎樣的方式勸諫皇上不要迷信？如果你是皇上會不會殺東方朔？

_____

_____

_____

_____

_____

_____

_____

_____

創意寫生簿

請小朋友用自己的方式畫一個故事,不必畫得很好,即使只有簡單的幾個筆畫也沒關係,只要畫得有意思,能幫助自己說出故事始末,就是好作品。

原文欣賞

　　君山有道與吳包山潜通①②，上有美酒數斗，得飲者不死③。

　　漢武帝齋七日④，遣男女數十人至君山⑤，得酒，欲飲之。

　　東方朔曰：「臣識此酒⑥，請視之⑦。」因一杯至盡。

　　帝欲殺之。朔曰：「殺朔若死，此為不驗⑧，以其有驗，殺亦不死。」乃赦之⑨。

晉・張華【博物志】

文字翻譯機

道 ①：通道。

潛通 ②：暗中相通。

不死 ③：不會死。

齋 ④：守戒、吃素、淨身。

遣 ⑤：派。

識 ⑥：認識、知道。

視 ⑦：看一看、檢查。

驗 ⑧：靈驗。

赦 ⑨：放了、免除罪名。

句型魔術箱

小朋友回想一下故事內容，找出故事中的人物、事情和發生的地點…等基本元素，依序填入下列表格中。利用這些填入的文字，就可以組成不同的句子喔！（淺字部分只是提示，小朋友請和爸爸媽媽一起努力多讀幾次文章，你會發現更多元素喔！）

人物（主詞）	事情（動詞）	受詞	地	情緒
東方朔	飲 視	酒 不死酒		
漢武帝	遣 齋 赦	男女 東方朔	君山	

換我說故事

小朋友試著練習寫一篇短文心得，文章要分三段，包含：大意、心得、出處。

_____

_____

_____

_____

_____

_____

_____

_____

_____

_____

13 東野稷透支馬力

　　東野稷是個有名的馬車夫，他被推薦去見莊公，在莊公面前露了幾手駕御馬車的功夫，莊公看他把馬駕御得很好，繩子圈左圈右，動作也都很標準、俐落，覺得東野稷名不虛傳，沒人能比他更好了，就讓他在戶外多跑幾圈。

112

　　後來顏闔回來了，　看到外頭騎馬的東野稷，　進入屋內對莊公說：　「他的馬快不行了。」　莊公沒有表示任何意見。　沒多久，　東野稷果然拖著疲憊的馬回來，　莊公不得不佩服顏闔，　問顏闔是如何看出來的？　顏闔說：　「他的馬已經操勞得沒有力氣了，　他卻還要馬兒一直跑，　當然會把馬累垮。」

生活加油站

當我們被讚美時，總會忍不住想多表現一下，好讓對方覺得沒看走眼，不過，小朋友要記得可別得意忘形，表現過度，而把配合的夥伴給累壞了。這就好像如果你玩滑板玩得不錯，卻一直忘了保養它，最後總有一天滑板會出狀況。想想看自己是否也有這樣的經驗？

_____

_____

_____

_____

_____

_____

_____

_____

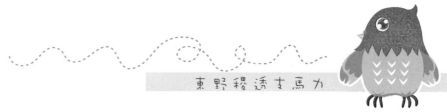

請小朋友用自己的方式畫一個故事，不必畫得很好，即使只有簡單的幾個筆畫也沒關係，只要畫得有意思，能幫助自己說出故事始末，就是好作品。

原文欣賞

　　東野稷以御①見莊公，進退中繩②，左右旋中規③。莊公以為文弗過也④，使之鉤百而返。

　　顏闔遇之，入見曰：「稷之馬將敗⑤。」公密⑥而不應。

　　少⑦焉，果敗而返。公曰：「子何以知之？」曰：「其馬力竭⑧矣，而猶求焉⑨，故曰敗。」

戰國【莊子・達生】

文字翻譯機

御 ①：駕駛、操作。

繩 ②：用繩子的動作。

中規 ③：合乎標準。

文 ④：合度。

敗 ⑤：敗壞、垮了。

密 ⑥：不作聲、沒反應。

少 ⑦：短時間、一會兒。

竭 ⑧：力盡、沒力氣了。

猶 ⑨：卻、還。

句型魔術箱

小朋友回想一下故事內容，找出故事中的人物、事情和發生的地點…等基本元素，依序填入下列表格中。利用這些填入的文字，就可以組成不同的句子喔！（淺字部分只是提示，小朋友請和爸爸媽媽一起努力多讀幾次文章，你會發現更多元素喔！）

人物（主詞）	事情（動詞）	受詞	地	情緒
東野稷	御 鉤	馬 繩		
莊公	使	東野稷		
顏闔	遇	東野稷		
馬	進 退			

東野穭透支馬力

換我說故事

小朋友試著練習寫一篇短文心得，文章要分三段，包含：大意、心得、出處。

_____

_____

_____

_____

_____

_____

_____

_____

_____

_____

14

祁黃羊公正舉才

　　晉平公問祁黃羊：「南陽缺一個縣令，你知道誰適合嗎？」祁黃羊說：「解狐可以。」晉平公覺得很奇怪，就問：「解狐不是你的仇人嗎？」祁黃羊反問：「你問我誰適合當縣令，不是問我誰是我的仇人。」晉平公贊成祁黃羊的建議，用了解狐，解狐做得很不錯，得到國人的肯定。

　　過了一段時間，晉平公又和祁黃羊說：「國家少一個帶兵的士官，你看誰適合？」祁黃羊說：「午可以。」晉平公又覺得奇怪，他說：「午不是你的兒子嗎？」祁黃羊回答：

「你問我誰可以帶兵，不是問我誰是我兒子。」晉平公又接受了他的推薦，這次，午也能勝任，得到國人讚美。

孔子聽說了祁黃羊推薦人才如此公正，就說：「很好，祁黃羊的觀點是推薦人才不必迴避仇人和親人，只要他們真的有能力，對內、對外都應公正推薦。」

生活加油站

小朋友，所謂「當仁不讓」，有能力就要大方的站出來，懂得自我推薦的人總是能爭取到更多成長的機會，不管是自己推薦自己，或是經由別人的推薦，唯有實力才是重點，實力的表現將會証明自己是不是值得推薦。小朋友你會因為不喜歡一個人，就否定他的一切能力嗎？這樣是好還是不好？

_____

_____

_____

_____

_____

_____

_____

_____

_____

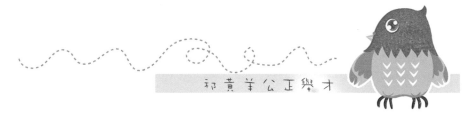

請小朋友用自己的方式畫一個故事，不必畫得很好，即使只有簡單的幾個筆畫也沒關係，只要畫得有意思，能幫助自己說出故事始末，就是好作品。

原文欣賞

　　晉平公問於祁黃羊曰：「南陽無令[①]，其誰可而爲之[②]？」

　　祁黃羊對曰：「解狐可[②]。」

　　平公曰：「解狐非子之讎邪[③]？」

　　對曰：「君問可，非問臣之讎也。」

　　平公曰：「善[④]。」遂用之[⑤]。國人稱善[⑥]焉。

　　居有閒[⑦]，平公又問祁黃羊曰：「國無尉[⑧]，其誰可而爲之？」對曰：「午可。」平公曰：「午非子之子[⑨]邪？」對曰：「君問可，非問臣之子也。」平公曰：「善。」又遂用之。國人稱善焉。

　　孔子聞之[⑩]，曰：「善哉，祁黃羊之論[⑪]也！外舉不避讎，内舉不避子，祁黃羊可謂公[⑫]矣！」

戰國‧呂不韋編纂【呂氏春秋】

124

文字翻譯機

令 ①：地方首長。

可 ②：合格、條件能力 足夠的。

讎 ③：仇人。

善 ④：好、對、贊成。

之 ⑤：解狐。

善 ⑥：讚美的言詞。

閒 ⑦：有空的時候。

尉 ⑧：管軍隊的官。

子 ⑨：你。

之 ⑩：祁黃羊舉才的事。

論 ⑪：觀點。

公 ⑫：客觀公正。

句型魔術箱

小朋友回想一下故事內容，找出故事中的人物、事情和發生的地點…等基本元素，依序填入下列表格中。利用這些填入的文字，就可以組成不同的句子喔！（淺字部分只是提示，小朋友請和爸爸媽媽一起努力多讀幾次文章，你會發現更多元素喔！）

人物（主詞）	事情（動詞）	受詞	地	情緒
祁黃羊				
晉平公	問	祁黃羊		
國人	稱	解狐 午		

換我說故事

小朋友試著練習寫一篇短文心得，文章要分三段，包含：大意、心得、出處。

_____

_____

_____

_____

_____

_____

_____

_____

_____

_____

15

阿豺折箭教子

吐谷渾國王阿豺有二十個兒子。

當他病重的時候，把所有的兒子都叫到床前，告訴他們：「你們都帶一根箭來送我，我死後要帶到陰間玩。」沒多久，兒子們把箭都帶來了，阿豺命令他的弟弟慕利延把其中一支

箭拿起來折斷， 慕利延一折就斷了。

　　阿豺又說：「 你再把剩下的十九支箭一起折斷。 」 這次慕利延折不斷了。

　　阿豺於是告訴所有的人說：「 你們知道嗎？ 只有一支箭很容易被折斷， 但是一把箭就很難折斷了， 只要大家團結合作， 一起努力， 國家就會強大。 」 他說完這些話以後就死了。

生活加油站

「團結就是力量」這句話大家都知道，當萬眾一心，集中力量於一時，就易獲勝，但如果用力的方向不同，彼此互相牴觸，就未必能勝過單一集中的力量了，就好像拔河比賽，喊口號是為了讓大家用力一致，如果喊得七零八落，力量就會分散。小朋友可以和父母一起分享自己的經驗。

_____

_____

_____

_____

_____

_____

_____

_____

_____

請小朋友用自己的方式畫一個故事，不必畫得很好，即使只有簡單的幾個筆畫也沒關係，只要畫得有意思，能幫助自己說出故事始末，就是好作品。

原文欣賞

吐谷渾王阿豺①，有子二十人。

暴病②，臨死召諸子③弟告之曰：「汝等各奉④吾一隻箭，將玩之地下⑤。」

俄而⑥命母弟慕利延曰：「汝取一隻箭折之。」慕利延折之。

曰：「汝取十九隻箭折之。」慕利延不能折。

阿豺曰：「汝曹⑦知否？單者易折，眾者難摧⑧，戮力⑨一心，然後社稷可固⑩。」言終而死。

唐‧李延壽【北史‧吐谷渾傳】

文字翻譯機

吐谷渾 ① ：古代西域某國家名。　　俄而 ⑥ ：沒多久。

暴病 ② ：病得很嚴重。　　　　　汝曹 ⑦ ：你們。

諸 ③ ：各個。　　　　　　　　　摧 ⑧ ：折損。

奉 ④ ：送。　　　　　　　　　　戮力 ⑨ ：努力。

地下 ⑤ ：死後去的地方。　　　　固 ⑩ ：堅固。

句型魔術箱

小朋友回想一下故事內容，找出故事中的人物、事情和發生的地點…等基本元素，依序填入下列表格中。利用這些填入的文字，就可以組成不同的句子喔！（淺字部分只是提示，小朋友請和爸爸媽媽一起努力多讀幾次文章，你會發現更多元素喔！）

人物（主詞）	事情（動詞）	受詞	地	情緒
阿豹	折 召 玩	箭 子 箭	地下	
慕利延	折	箭		

換我說故事

小朋友試著練習寫一篇短文心得，文章要分三段，包含：大意、心得、出處。

_____

_____

_____

_____

_____

_____

_____

_____

_____

_____

_____

_____

_____

16 芮伯好心被雷親

周厲王派芮伯帶兵攻打西戎國， 西戎這個地方的馬很肥壯， 芮伯打勝戰以後， 帶回一匹好馬， 想獻給周厲王。

芮伯的弟弟芮季勸他：「 我看你還是把馬捐給懂馬的人， 不要獻給厲王， 因為他是一個貪得無厭的人， 又很容易聽信人家的挑撥， 你現在剛從戰場回來， 把馬當作戰利品獻給他， 他身邊的人會以為你不只帶回一匹馬， 他們也會來要， 到時候， 你沒有好馬可以給， 他們就會到厲王那兒說你的壞話， 厲王一定會相信的， 到時候， 你就倒楣了。 」 可是芮伯不聽勸

告ㄍㄠˋ，最ㄗㄨㄟˋ後ㄏㄡˋ，還ㄏㄞˊ是ㄕˋ把ㄅㄚˇ馬ㄇㄚˇ獻ㄒㄧㄢˋ給ㄍㄟˇ了ㄌㄜ˙屬ㄓㄨ王ㄨㄤˊ。

屬ㄓㄨ王ㄨㄤˊ身ㄕㄣ邊ㄅㄧㄢ有ㄧㄡˇ一ㄧ位ㄨㄟˋ親ㄑㄧㄣ信ㄒㄧㄣˋ叫ㄐㄧㄠˋ做ㄗㄨㄛˋ榮ㄖㄨㄥˊ夷ㄧˊ，事ㄕˋ後ㄏㄡˋ真ㄓㄣ的ㄉㄜ˙派ㄆㄞˋ人ㄖㄣˊ來ㄌㄞˊ向ㄒㄧㄤˋ芮ㄖㄨㄟˋ伯ㄅㄛˊ要ㄧㄠˋ馬ㄇㄚˇ，芮ㄖㄨㄟˋ伯ㄅㄛˊ說ㄕㄨㄛ沒ㄇㄟˊ有ㄧㄡˇ了ㄌㄜ˙，榮ㄖㄨㄥˊ夷ㄧˊ回ㄏㄨㄟˊ去ㄑㄩˋ後ㄏㄡˋ，就ㄐㄧㄡˋ告ㄍㄠˋ訴ㄙㄨˋ屬ㄓㄨ王ㄨㄤˊ：「芮ㄖㄨㄟˋ伯ㄅㄛˊ把ㄅㄚˇ其ㄑㄧˊ他ㄊㄚ的ㄉㄜ˙好ㄏㄠˇ馬ㄇㄚˇ藏ㄘㄤˊ起ㄑㄧˇ來ㄌㄞˊ了ㄌㄜ˙。」屬ㄓㄨ王ㄨㄤˊ很ㄏㄣˇ生ㄕㄥ氣ㄑㄧˋ，就ㄐㄧㄡˋ把ㄅㄚˇ芮ㄖㄨㄟˋ伯ㄅㄛˊ放ㄈㄤˋ逐ㄓㄨˊ到ㄉㄠˋ邊ㄅㄧㄢ疆ㄐㄧㄤ地ㄉㄧˋ帶ㄉㄞˋ。

生活加油站

常聽說：「好東西要和好朋友分享」，小朋友有好東西時會和好朋友分享嗎？當你正在吃東西時，被人看到了，你捨得拿出來分享嗎？如果很多人都說「見者有份」你該怎麼辦呢？

_____

_____

_____

_____

_____

_____

_____

_____

創意寫生簿

請小朋友用自己的方式畫一個故事，不必畫得很好，即使只有簡單的幾個筆畫也沒關係，只要畫得有意思，能幫助自己說出故事始末，就是好作品。

古人趣聞真精采

周屬⑪王使芮伯帥師伐戎②。得良馬焉，將以獻於王。

芮季曰：「不如捐之。王欲無饜③，而多信人之言。今以師歸而獻馬焉，王之左右④，必以爲子獲不止一馬。而皆求於子，子無以應⑤之，則將曉⑥於王，王必信之。是賈⑦禍也。」弗聽，卒獻之。

榮夷公果使有求焉，弗得，遂譖⑨諸王曰：「伯也隱⑩。」王怒，逐⑪芮伯也。

唐・劉肅【大唐新語】

140

文字翻譯機

周厲王 ①：周代的一位君主。

戎 ②：古時候一個產良馬的地方，名為西戎。

饜 ③：滿足。

左右 ④：身邊的人。

應 ⑤：應付。

曉 ⑥：動詞，讓人曉得。

賈 ⑦：招致。

弗 ⑧：不。

譖 ⑨：說壞話，打小報告。

隱 ⑩：隱藏。

逐 ⑪：放逐。

句型魔術箱

小朋友回想一下故事內容，找出故事中的人物、事情和發生的地點…等基本元素，依序填入下列表格中。利用這些填入的文字，就可以組成不同的句子喔！（淺字部分只是提示，小朋友請和爸爸媽媽一起努力多讀幾次文章，你會發現更多元素喔！）

人物（主詞）	事情（動詞）	受詞	地	情緒
周厲王	信 逐	言 芮伯		怒
芮伯	帥 伐 獻	師 戎 馬	戎	
芮季				
榮夷	求 譖	馬 芮伯		

兩伯好心被雷親

換我說故事

小朋友試著練習寫一篇短文心得，文章要分三段，包含：大意、心得、出處。

_____

_____

_____

_____

_____

_____

_____

_____

_____

_____

17 扁鵲救不了的人

　　春秋時代的神醫－扁鵲，有一天遇到蔡桓公，站在桓公身邊一會兒就看出桓公生病了，扁鵲好心建議：「你的身體有病，問題出在皮膚和肌肉之間，最好現在治療，不然會越來越嚴重。」桓公說：「我沒有生病。」扁鵲只好離開了。桓公對別人說：「醫生都喜歡醫治沒病的人，那樣才表示他醫術好，能把人醫治好。」

　　過了十天，扁鵲又遇見桓公，他說：「你的毛病已經深入肌膚裡了，如果不治療會更嚴重。」桓公仍然不理會他，扁鵲離開後，桓公又有點不高興。

　　又過了十天，扁鵲再看到桓公，他試著又

建議：「你的毛病在腸胃裡，如果不快一點治療會很嚴重。」桓公照舊不理他，扁鵲無話可說的離開了，桓公又不高興了一次。

再過十天，扁鵲老遠看到桓公立刻掉頭走開，桓公派人去問他為什麼？扁鵲告訴桓公的使者：「當桓公病在皮膚和肌肉之間時，可以用藥膏加熱貼敷，這種藥力可以到達皮膚和肌肉之間；當他病到肌膚裡時，可以用針灸刺激經絡，仍然可以醫好；後來病到了腸胃，用火煎的藥劑服用，還是會好的；但是當他病到了骨髓裡，骨髓是生命的重心，就沒辦法醫了，桓公的病已經深入到了骨髓，我已經沒有什麼好說的了。」

又過了五天，桓公開始覺得身體疼痛，找人去請扁鵲來急救，可是扁鵲已逃到了秦國，沒人治得了桓公，沒多久，桓公就死了。

生活加油站

大部分的人都喜歡聽好話，無法接受指正和提醒，所謂「良藥苦口、忠言逆耳」，桓公的病早有跡象，雖然被醫生看出來，卻不肯接受治療，我們一般人也有這種忌諱醫治的毛病。大家應該學習試著接受批評、指教的話，這樣才能防患於未然。小朋友，當朋友指正和批評你的時候，你會用怎樣的態度去面對？

_____

_____

_____

_____

_____

_____

_____

_____

_____

扁鵲救不了的人

創意寫生簿

請小朋友用自己的方式畫一個故事,不必畫得很好,即使只有簡單的幾個筆畫也沒關係,只要畫得有意思,能幫助自己說出故事始末,就是好作品。

原文欣賞

　　扁鵲見蔡桓公，立有閒①，扁鵲曰：「君有疾在腠理②，不治將恐深③。」桓侯曰：「寡人無疾。」扁鵲出④。

　　桓侯曰：「醫之好治⑤不病⑥，以為功⑦。」

　　居十日⑧，扁鵲復見，曰：「君之病肌膚，不治將益深。」桓侯不應⑨，扁鵲出，桓侯又不悅⑩。

　　居十日，扁鵲復見，曰：「君之病在腸胃，不治將益深。」桓侯又不應。扁鵲出，桓侯又不悅。

　　居十日，扁鵲望桓侯而還走，桓侯故使人問之，扁鵲曰：「病在腠理，湯熨之所及⑪也；在肌膚，鍼石⑫之所及也；在腸胃，火濟⑬之所及也；在骨髓，司命之所屬，無奈何也。今在骨髓，臣是以無請也。」

　　居五日，桓侯體痛，使人索扁鵲，已逃秦矣！桓侯遂死。

戰國‧韓非【韓非子‧喻老篇】

148

文字翻譯機

間①：一會兒。

腠理②：肌肉和皮膚之間。

深③：嚴重。

出④：離開、走開。

好⑤：喜歡。

不病⑥：沒病。

功⑦：功勞。

復⑧：又、再次。

應⑨：回應、理會。

悅⑩：高興。

及⑪：可達、可完成、可治。

鍼石⑫：針灸。

火齊⑬：火煎的藥劑。

古人趣聞真精采

句型魔術箱

小朋友回想一下故事內容，找出故事中的人物、事情和發生的地點…等基本元素，依序填入下列表格中。利用這些填入的文字，就可以組成不同的句子喔！（淺字部分只是提示，小朋友請和爸爸媽媽一起努力多讀幾次文章，你會發現更多元素喔！）

人物（主詞）	事情（動詞）	受詞	地	情緒
扁鵲	出		秦	
蔡桓公	不應 病			不悅

扁鵲救不了的人

換我說故事

小朋友試著練習寫一篇短文心得，文章要分三段，包含：大意、心得、出處。

_____

_____

_____

_____

_____

_____

_____

_____

_____

_____

_____

18 爰旌目不吃盗食

　　有一個人住在東部，名叫爰旌目，他有事必須遠行，沒想到在旅途上餓倒了，當他倒在路邊時，被狐父這個地方一個叫做丘的人看見了，就拿出自己的糧食和水，餵爰旌目吃。

　　餵了三口以後，爰旌目恢復了力氣，睜開眼睛看著救他的丘，說：「你是誰？怎麼會救我？」丘說：「我是狐父人，叫做丘。」因為

狐父這個地方的強盜很多， 爰旌目立刻問：
「那你是強盜了？ 強盜怎麼會救我？ 我是正直的人， 我不能吃強盜的食物。 」

於是爰旌目用手撐著地面， 用力吐出剛吃下的食物， 可是吐不出來， 他嘔了半天， 最後， 趴在地上死了。

生活加油站

小朋友覺得幫助別人時，需要選擇對象嗎？如果你有能力助人，但對方卻是你的敵人或是你不喜歡的人時，你會不會幫他呢？當你看到有人生命危急，你還會堅持自己的原則嗎？或者你會想出另一個彈性的作法呢？另外，也請小朋友試著反過來想想看，當自己有急難時，該如何向他人求救？你覺得誰能幫助你？

創意寫生簿

請小朋友用自己的方式畫一個故事，不必畫得很好，即使只有簡單的幾個筆畫也沒關係，只要畫得有意思，能幫助自己說出故事始末，就是好作品。

古人趣聞真精采

原文欣賞

　　東方有人焉，曰爰旌目，將有適也[1]，而餓於道[2]，狐父之盜曰丘，見而下壺飧以[3]餔之[4]。

　　爰旌目三餔而後能視[5]，曰：「子何為者也？」曰：「我狐父之人丘也。」

　　爰旌目曰：「譆！汝非盜邪？胡為而餐[6]我？吾義不食子之食也。」

　　兩手據地而嘔之[7]，不出，喀喀然[8]遂伏[9]。

戰國【列子·說符】

156

文字翻譯機

適 ① : 有事遠行。

道 ② : 半路上。

壺飧 ③ : 水和食物。

餔 ④ : 餵。

視 ⑤ : 看。

餐 ⑥ : 給飯吃。

據地 ⑦ : 撐著地面。

喀喀然 ⑧ : 咳個不停。

伏 ⑨ : 趴著。

句型魔術箱

小朋友回想一下故事內容，找出故事中的人物、事情和發生的地點…等基本元素，依序填入下列表格中。利用這些填入的文字，就可以組成不同的句子喔！（淺字部分只是提示，小朋友請和爸爸媽媽一起努力多讀幾次文章，你會發現更多元素喔！）

人物（主詞）	事情（動詞）	受詞	地	情緒
爰旌目	適 視 嘔			
丘	餔 餐			

換我說故事

小朋友試著練習寫一篇短文心得，文章要分三段，包含：大意、心得、出處。

_____

_____

_____

_____

_____

_____

_____

_____

_____

_____

徐勣煮鬍子粥

徐勣是唐朝的一個大官，他的僕役很多，但是當姊姊生病時，他卻親自煮稀飯給姊姊吃，常常在生火時燒到了自己的鬍子，他的姊姊說：「僕人那麼多，叫他們做就可以了，幹麻這麼辛苦呢？」

徐勣回答：「不是沒有人可以代替我煮粥，而是我看你年紀大了，我也一定老了，雖然我想常常替你煮粥，但還能有多少時間呢？」

生活加油站

小朋友有做家事的經驗嗎？在什麼情況下你願意動手做？比較一下不同情形下做家事的不同心情。

_____

_____

_____

_____

_____

_____

_____

_____

_____

_____

徐勤煮影子粥

創意寫生簿

請小朋友用自己的方式畫一個故事，不必畫得很好，即使只有簡單的幾個筆畫也沒關係，只要畫得有意思，能幫助自己說出故事始末，就是好作品。

原文欣賞

　　唐英公徐勣，雖貴為僕射①，其姊病，必親為粥。釜燃②，輒③焚其鬚。

　　姊曰：「僕妾多矣，何為自苦如此？」

　　勣曰：「豈為無人耶？顧④今姊年老，勣亦年老，雖欲久為姊粥，復可得乎？」

唐・劉餗【隋唐嘉話】

文字翻譯機

僕射①：官名。

釜燃②：生火。

輒③：每次、常常。

顧④：看。

句型魔術箱

小朋友回想一下故事內容，找出故事中的人物、事情和發生的地點…等基本元素，依序填入下列表格中。利用這些填入的文字，就可以組成不同的句子喔！（淺字部分只是提示，小朋友請和爸爸媽媽一起努力多讀幾次文章，你會發現更多元素喔！）

人物（主詞）	事情（動詞）	受詞	地	情緒
徐勣	煮 燃	粥 鬍		
姊	病			

換我說故事

小朋友試著練習寫一篇短文心得，文章要分三段，包含：大意、心得、出處。

_____

_____

_____

_____

_____

_____

_____

_____

_____

_____

20 晏子提拔馬車夫

晏子是齊國的宰相，出門時，他的車夫的太太從門縫偷看。

她看到自己的丈夫正替宰相駕御馬車，那輛馬車有富麗堂皇的頂篷，車夫揚鞭策馬出發，神氣飛揚，十分得意的樣子。

車夫回家後，他的太太竟表示要離婚，車夫問她原因，她說：「人家晏子個兒不高，卻能當齊國宰相，在官場非常有名，但今天我看他出門，表情深沉嚴肅，待人也謙虛客氣；而

你身材高大，只是人家的車夫，卻還一副神氣滿足的樣子，這就是我想離開你的原因。」

後來，晏子的車夫收斂了許多，晏子覺得奇怪，問了車夫原因，車夫一五一十的告訴晏子，他被太太嫌棄的理由，晏子於是提拔車夫當上大夫。

生活加油站

把每一件小事當做重要的事來做，小事也會變得有價值，車夫的太太不是嫌棄車夫的工作卑微，而是嫌棄車夫自以為滿足，不求進步。對於一些非作不可，卻重覆又枯燥的事情，小朋友如果能改變心情去面對，說不定會有意外的收穫，不滿意才能求進步，所以不要怕被批評，批評會刺激我們更努力求進步。

創意寫生簿

請小朋友用自己的方式畫一個故事,不必畫得很好,即使只有簡單的幾個筆畫也沒關係,只要畫得有意思,能幫助自己說出故事始末,就是好作品。

原文欣賞

　　晏子為齊相①，出，其御之妻②，從門間③闚其夫④。

　　其夫為相御，擁大蓋⑤，策駟馬⑥；意氣揚揚，甚自得也。

　　既而歸，其妻請去⑦。夫問其故⑧。妻曰：「晏子長不滿六尺，身相齊國，名顯⑨諸侯；今者妾觀其出，志念深矣，常有以自下者⑩。今子長八尺，迺為人僕御，然子之意，自以為足，妾是以求去也。」

　　其後，夫自抑損⑪。晏子怪⑫而問之，御以實對⑬，晏子薦⑭以為大夫。

戰國【晏子春秋】

172

文字翻譯機

相 ①：當宰相。

御 ②：駕馬車的人。

門間 ③：門縫。

闚 ④：從門縫偷看。

蓋 ⑤：屋頂、車篷、頭上
的帽子。

策 ⑥：用竹鞭抽打。

請去 ⑦：要求離去。

故 ⑧：緣故、原因。

名顯 ⑨：揚名、出名。

自下 ⑩：自以為不如人。

抑損 ⑪：壓抑、收斂。

怪 ⑫：覺得奇怪。

實 ⑬：實情。

薦 ⑭：推薦、提拔。

句型魔術箱

小朋友回想一下故事內容，找出故事中的人物、事情和發生的地點…等基本元素，依序填入下列表格中。利用這些填入的文字，就可以組成不同的句子喔！（淺字部分只是提示，小朋友請和爸爸媽媽一起努力多讀幾次文章，你會發現更多元素喔！）

人物（主詞）	事情（動詞）	受詞	地	情緒
晏子	出 薦 相	御 齊		
御	策	駟馬		
御其妻	闚 觀	御 御		

晏子提拔馬車夫

換我說故事

小朋友試著練習寫一篇短文心得，文章要分三段，包含：大意、心得、出處。

_____

_____

_____

_____

_____

_____

_____

_____

_____

_____

_____

荀巨伯空手退盜

　　荀巨伯去遠方探望生病的朋友，正好碰上盜賊攻城，巨伯的朋友勸他說：「我反正生病了，就要死了，你走吧，不要留下來被盜賊殺害。」

　　巨伯說：「我老遠跑來看你，怎麼可以在這個時候丟下你不管，那太沒有道義了，我巨伯不是這種人。」

後來盜匪進城，看到巨伯留在朋友身邊，就問他：「我們大批軍隊攻進來，整座城裡的人都逃走了，你是誰？竟然不怕我們，敢留在這兒？」巨伯回答：「我的朋友病了，我不忍心丟下他，你要殺就殺我好了，我願意為朋友而死。」

盜賊互相看著，並且說：「我們真是太沒有道義了，攻進了這個講義氣的地方。」於是，整隊人馬掉頭離開，巨伯的勇氣讓整座城的人都安然無恙。

生活加油站

聽說古人對朋友非常講義氣，可以為朋友「兩肋插刀，在所不惜。」不過，這樣讓人覺得好像太沉重了。小朋友，你會用哪些方法來表達朋友之間的關懷呢？

請小朋友用自己的方式畫一個故事，不必畫得很好，即使只有簡單的幾個筆畫也沒關係，只要畫得有意思，能幫助自己說出故事始末，就是好作品。

荀巨伯遠看友人疾①，值②胡賊攻郡③。

友人語巨伯曰：「吾今死矣！子可去。」

巨伯曰：「遠來相視，子令吾去，敗義以求生，豈荀巨伯所為邪？」

賊既至，謂巨伯曰：「大軍至，一郡皆空。汝④何男子？而敢獨止⑤？」

巨伯曰：「友人有疾，不忍委之⑥，寧以我身代友人命。」

賊相謂曰：「我輩無義之人，而入有義之國。」遂⑦班軍⑧而還，一郡並獲全⑨。

南北朝・劉義慶【世說新語】

文字翻譯機

疾①：病。

值②：正當、遇到。

郡③：一地區。

汝④：你。

止⑤：停留。

委⑥：留下。

逐⑦：於是、就。

班軍⑧：召集整隊人馬。

全⑨：保全、無損。

句型魔術箱

小朋友回想一下故事內容，找出故事中的人物、事情和發生的地點…等基本元素，依序填入下列表格中。利用這些填入的文字，就可以組成不同的句子喔！（淺字部分只是提示，小朋友請和爸爸媽媽一起努力多讀幾次文章，你會發現更多元素喔！）

人物（主詞）	事情（動詞）	受詞	地	情緒
荀巨伯	訪	友		
巨伯的朋友	語	巨伯		
胡賊	攻	郡		

換我說故事

小朋友試著練習寫一篇短文心得，文章要分三段，包含：大意、心得、出處。

_____

_____

_____

_____

_____

_____

_____

_____

_____

_____

_____

22 張文扮盜救命

　　河間府捉到了一個強盜，派遣地方役男張文和郭禮押解犯人到京師，他們夜晚休息的時候，強盜卻找機會自己掙脫鐐銬逃跑了，張文告訴郭禮：「聽說如果讓強盜跑了，將和強盜受同樣的罪，我們兩個都會被判死刑，不如留一個活下來。你的母親老了，家裡兄弟又少，你可以假扮押解的人，我假扮強盜被你押解到京城，這樣你和母親都可以活下去。」

　　郭禮向張文道謝以後，張文就自己套上刑具，兩人到了京城官府，負責的官員觀察張文的談吐和舉止，懷疑張文不是強盜，於是仔細

展開調查，最後知道了實際的情形，不但沒有處罰兩人，反而讓兩人都活了下來。

一個壞人逃走了，如果再賠上兩個好人的性命，還不如想辦法留下一個，幸好，官爺明察秋毫，多留了一個好人，這個數學題，小朋友算算看，有沒有更好的辦法？讓整件事不是三減一等於二，可以是二加一等於三嗎？那位逃跑的強盜可能變成好人嗎？

_____

_____

_____

_____

_____

_____

_____

_____

_____

創 意 寫 生 簿

請小朋友用自己的方式畫一個故事，不必畫得很好，即使只有簡單的幾個筆畫也沒關係，只要畫得有意思，能幫助自己說出故事始末，就是好作品。

原文欣賞

　　河間府獲強盜，遣里甲張文①、郭禮解②送京師。中途遇夜，盜自釋③刑具而逃。

　　張語郭④曰：「人言縱盜之罪，與盜同；予二人俱死，不若留一人。汝母老，寡⑤兄弟，汝可為解⑥人，予為盜，可全汝母子之命。」

　　郭感謝，張以刑具自服⑦。到司⑧，公疑⑨其言動⑩非盜，審⑪之得實⑫，二人俱得活⑬。

明·朱國楨【湧幢小品】

文字翻譯機

里甲 ① ：地方服役的壯丁，有武裝的稱為甲。

解 ② ：押解犯人。

釋 ③ ：解開、掙脫。

語 ④ ：說、告訴。

寡 ⑤ ：少。

予 ⑥ ：我。

服 ⑦ ：穿上、套上。

司 ⑧ ：官方、衙門。

公 ⑨ ：主事的官員。

言動 ⑩ ：說話和動作。

審 ⑪ ：仔細了解。

實 ⑫ ：真實情形。

俱 ⑬ ：都。

古人趣聞真精采

句型魔術箱

小朋友回想一下故事內容，找出故事中的人物、事情和發生的地點…等基本元素，依序填入下列表格中。利用這些填入的文字，就可以組成不同的句子喔！（淺字部分只是提示，小朋友請和爸爸媽媽一起努力多讀幾次文章，你會發現更多元素喔！）

人物（主詞）	事情（動詞）	受詞	地	情緒
張文	解 語 服	郭禮 刑具		
郭禮	謝	張文		
公	審 疑			
盜	釋	刑具		

190

換 我 說 故 事

小朋友試著練習寫一篇短文心得，文章要分三段，包含：大意、心得、出處。

_____

_____

_____

_____

_____

_____

_____

_____

_____

_____

23

范巨卿不忘老朋友

范巨卿是山陽金鄉的人，年輕的時候曾到京師當太學生，認識了汝南的張劭，兩人成了好朋友，當兩人都學成要回家時，范巨卿告訴張劭：「兩年後，我會再回來，到時我會去拜見你的母親，看看你的孩子。」於是兩人一起約定了再見面的日期。

當約定的日期快到了，張劭告訴母親有朋友要來，請母親替他準備宴客的酒菜，張劭的母親說：「都分別兩年了，又是在那麼遠的地方約定的事，你怎麼相信他會記得呢？」

張劭回答：「范巨卿是個守信用的人，一定不會爽約的。」他母親說：「如果真是這樣，我就去替你準備酒了。」到了那天，范巨卿真的來了，在廳堂舉行拜見禮，然後兩人喝酒敘舊，談得非常愉快。

古人趣聞真精采

生活加油站

一對好同學相知相惜，可以約定兩年後再相見，你想是什麼力量讓他們欣然赴約？如果換上不同的約會對象，哪一種對象會令你慎重其事、勇往直前？小朋友也可以試著和自己約定，定期驗收約定的成果。

_____

_____

_____

_____

_____

_____

_____

_____

創意寫生簿

請小朋友用自己的方式畫一個故事,不必畫得很好,即使只有簡單的幾個筆畫也沒關係,只要畫得有意思,能幫助自己說出故事始末,就是好作品。

原文欣賞

范式，字①巨卿，山陽金鄉人也，一名汜。少遊太學②，為諸生③，與汝南張劭為友，字元伯。二人並告歸鄉里。

式謂元伯曰：「後二年，當還④，將過拜尊親⑤，見孺子⑥焉⑦。」乃共剋期⑧之日。

後期之方至，元伯具以白母⑨，請設饌以候⑪之⑩。母曰：「二年之別，千里結言⑫，爾何相信之審邪⑬？」對曰：「巨卿信士⑭，必不乖違⑮。」母曰：「若然⑯，當為爾醞⑰酒⑱。」至其日，巨卿果到；升堂拜飲，盡歡而別。

南北朝 · 范曄【後漢書】

文字翻譯機

字 ①：另一個名字。

太學 ②：古時最高學府。

為諸生 ③：體驗太學生的生活。

還 ④：回到太學。

尊親 ⑤：母親。

孺子 ⑥：小孩。

剋 ⑦：敲定。

期日 ⑧：未來某日某時。

白 ⑨：告知。

饌 ⑩：準備酒菜。

候 ⑪：等待。

結言 ⑫：約定。

審 ⑬：確定。

信士 ⑭：守信用的人。

乖違 ⑮：背信。

若然 ⑯：如果這樣。

爾 ⑰：你。

醞 ⑱：醞釀、製造。

句型魔術箱

小朋友回想一下故事內容，找出故事中的人物、事情和發生的地點…等基本元素，依序填入下列表格中。利用這些填入的文字，就可以組成不同的句子喔！（淺字部分只是提示，小朋友請和爸爸媽媽一起努力多讀幾次文章，你會發現更多元素喔！）

人物（主詞）	事情（動詞）	受詞	地	情緒
范巨卿	剋 遊 拜	期日 太學 尊親		
張劭	白	母		
張母	醞 設	酒 饌		

范巨卿不忘老朋友

換我說故事

小朋友試著練習寫一篇短文心得，文章要分三段，包含：大意、心得、出處。

_____

_____

_____

_____

_____

_____

_____

_____

_____

199

24

曹彬執法仁厚

　　曹彬是宋朝開國功臣，為人處事相當仁厚，征戰敵國多次，替國家立了許多功勞，也不輕易殺人。

　　曹彬當徐州太守時，曾有一個小官犯了錯，被判刑要接受杖打，但是曹彬在定刑以後多年才執行杖打，大家都不知道他為什麼要這樣做。

　　後來曹彬解釋：「我聽說這個人剛娶了太太，如果那時就執行，會害剛娶進門的新嫁娘沒有好日子過，她的公婆一定會怪罪這位媳婦是不吉祥的人，怪罪她剋夫，才會害兒子被杖

打㪣，她㪣會㪣因㪣此㪣被㪣打㪣罵㪣，從㪣早㪣到㪣晚㪣沒㪣有㪣一㪣分㪣鐘㪣被㪣看㪣順㪣眼㪣，我㪣把㪣杖㪣刑㪣延㪣緩㪣執㪣行㪣，是㪣為㪣了㪣幫㪣新㪣嫁㪣娘㪣避㪣嫌㪣，而㪣對㪣犯㪣錯㪣的㪣人㪣來㪣說㪣還㪣是㪣要㪣接㪣受㪣懲㪣罰㪣的㪣。」

曹㪣彬㪣是㪣多㪣麼㪣的㪣細㪣心㪣、周㪣到㪣啊㪣！

生活加油站

小朋友有沒有聽過「屋漏偏逢連夜雨」這句話？如果房子已經漏水了，還遇到大雨，那不是糟透了嗎？如果那場雨是在屋子修好了才下，情況就大不相同。所以，無論做什事，還是要選擇正確的時候和地方，才能達到預期的效果。

創 意 寫 生 簿

請小朋友用自己的方式畫一個故事,不必畫得很好,即使只有簡單的幾個筆畫也沒關係,只要畫得有意思,能幫助自己說出故事始末,就是好作品。

古人趣聞真精采

原文欣賞

　　曹彬侍中①，為人仁愛多恕②。平定數國，未嘗妄斬人。

　　嘗知徐州③，有小吏犯罪，既立案，逾年然後杖之④。人皆不曉其旨⑤。

　　彬曰：「吾聞此人新娶婦，若杖之，彼其舅姑⑥必以此婦為不利而惡之⑦，朝夕笞罵，使不能自存。吾緩其事，而法亦不可赦也⑨。」

　　其用志如此。

宋·李元綱【厚德錄】

文字翻譯機

侍中 ① ：官名。

恕 ② ：寬待、原諒。

知 ③ ：擔任太守。

杖 ④ ：用棍子打屁股，一種處
罰方式。

旨 ⑤ ：用意。

舅姑 ⑥ ：指的是新婦的公婆，
新郎的父母。

之 ⑦ ：代名詞，指的是新婦。

答 ⑧ ：也是動詞，用竹子打。

緩 ⑨ ：慢、拖延。

句型魔術箱

小朋友回想一下故事內容，找出故事中的人物、事情和發生的地點…等基本元素，依序填入下列表格中。利用這些填入的文字，就可以組成不同的句子喔！（淺字部分只是提示，小朋友請和爸爸媽媽一起努力多讀幾次文章，你會發現更多元素喔！）

人物（主詞）	事情（動詞）	受詞	地	情緒
曹彬	知 平定 斬 杖	 人 小吏	徐州	
小吏	娶	婦		
小吏舅姑	惡 罵 笞	婦 婦 婦		

曹彬執法仁厚

換我說故事

小朋友試著練習寫一篇短文心得，文章要分三段，包含：大意、心得、出處。

_____

_____

_____

_____

_____

_____

_____

_____

_____

_____

25

曹操英雄氣比腿長

　　三國時的魏國武將曹操正要和匈奴使者見面，卻覺得自己個子不夠高，怕被高大、勇猛的匈奴比下去，就找了崔季珪替他接見外賓，他自己則握刀站在床邊假扮護衛。

　　崔季珪完成任務以後，曹操叫人去問那位使者：「你見了魏王，覺得如何？」使者回答：「魏王看起來很高雅，倒是站在魏王床頭的護衛很有英雄氣概。」

生活加油站

試舉出你認識的人裡有誰是「個兒不高、**IQ**高？」「個兒不高、分數高？」「個兒不高、跳得高？」「個兒不高、收入高？」或者是「個兒不高、志氣高？」

_____

_____

_____

_____

_____

_____

_____

_____

_____

_____

創意寫生簿

請小朋友用自己的方式畫一個故事,不必畫得很好,即使只有簡單的幾個筆畫也沒關係,只要畫得有意思,能幫助自己說出故事始末,就是好作品。

原文欣賞

魏武①將見匈奴使②，自以一形陋③，不足雄遠國④；使崔季珪代⑤。

既畢⑤，令間諜⑥問曰：「魏王何如？」

匈奴使答曰：「魏王雅望⑦非常，然床頭捉刀人⑧，此乃英雄也。」

南北朝・劉義慶【世說新語】

文字翻譯機

魏武 ①：三國時的魏武帝曹操。

匈奴使 ②：匈奴來的使者。

陋 ③：醜。

代 ④：替代。

畢 ⑤：完成、結束。

間諜 ⑥：隱藏門後偷看的人。

雅望 ⑦：外表看起來很高雅。

床頭捉刀人 ⑧：貼身護衛。

句型魔術箱

小朋友回想一下故事內容，找出故事中的人物、事情和發生的地點…等基本元素，依序填入下列表格中。利用這些填入的文字，就可以組成不同的句子喔！（淺字部分只是提示，小朋友請和爸爸媽媽一起努力多讀幾次文章，你會發現更多元素喔！）

人物（主詞）	事情（動詞）	受詞	地	情緒
曹操	見 雄 使 令	匈奴使 遠國 崔季珪 間諜		
崔季珪	代	曹操		

換 我 說 故 事

小朋友試著練習寫一篇短文心得，文章要分三段，包含：大意、心得、出處。

_____

_____

_____

_____

_____

_____

_____

_____

_____

_____

26

莊子觀生死

　　莊子在辦理妻子的喪事期間，朋友惠子到家裡來探望，看到莊子正蹲在地上，拿著家中的盆子敲打唱歌，惠子很不諒解，指責他說：「你的太太為你生兒育女，把自己的青春都奉獻給你了，現在死了，你不悲傷也就算了，怎麼還高興的唱歌？」

　　莊子回答：「她剛死的時候，我也很悲傷，但後來想了又想，其實，在很久很久以前，這個世上本來就沒有她這個人，是某些氣和形的結合才產生了她，現在，這些氣和形消失了，又從有變回沒有，這就像大自然的春、

夏、秋、冬不停變化著一樣，人的生死也在預料之中。她現在又回歸到自然裡了，我卻在一旁哇哇大哭，這似乎沒有什麼道理，所以我就不哭了。」

古人趣聞真精采

生活加油站

生、老、病、死是再自然不過的事了，遇到親人病故而悲傷，也是再自然不過的
事了，莊子卻不但能看透生死，還能坦然面對，短時間內就把悲傷的情緒管理
好，也許一般人覺得他很無情，但仔細一想，難道悲傷可以用尺量一量，才分得
出哪一種長度是有情？哪一種長度是無情嗎？

小朋友，你是否經歷過親友死亡的經驗？你是用什麼方式表達追思之情？儀式的
過程，讓你感覺是悲傷還是安詳？或是還有其他不同的感受或情形呢？

_____

_____

_____

_____

_____

_____

_____

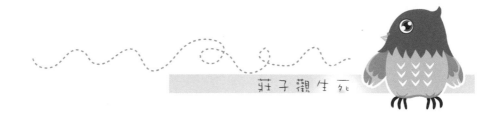

創意寫生簿

請小朋友用自己的方式畫一個故事，不必畫得很好，即使只有簡單的幾個筆畫也沒關係，只要畫得有意思，能幫助自己說出故事始末，就是好作品。

原文欣賞

　　莊子妻死^①，惠子弔之^②，莊子則方箕踞^③鼓盆而歌^④。

　　惠子曰：「與人居，長子老身^⑤，死不哭亦足矣，又鼓盆而歌，不亦甚乎！」

　　莊子曰：「不然，是其始死也，我獨何能不慨然^⑥？察其死而本無生，非徒無生也而本無形，非徒無形也而本無氣。雜乎芒芴之間^⑦，變而有氣，氣變而有形，形變而有生，今又變而死之，是相與為春秋冬夏四時行也。人且偃然^⑧寢於巨室^⑨，而我噭噭隨而哭之，自以為不通乎命，故止也。」

戰國【莊子‧至樂】

文字翻譯機

莊子 ① ：中國古代的哲學家思想家，主張無為而治，順乎自然。

弔 ② ：追思祭拜或探望死了的人。

踞 ③ ：蹲著。

鼓盆而歌 ④ ：把盆子當鼓敲著，邊敲邊唱歌。

長子老身 ⑤ ：把兒子養大，而自己變老了。

慨然 ⑥ ：感慨嘆息。

芒芴 ⑦ ：雜草、雜物。

偃然 ⑧ ：躺著的樣子。

巨室 ⑨ ：很大的房子，比喻天地之間。

句型魔術箱

小朋友回想一下故事內容，找出故事中的人物、事情和發生的地點…等基本元素，依序填入下列表格中。利用這些填入的文字，就可以組成不同的句子喔！（淺字部分只是提示，小朋友請和爸爸媽媽一起努力多讀幾次文章，你會發現更多元素喔！）

人物（主詞）	事情（動詞）	受詞	地	情緒
莊子	鼓 歌 哭 踞	盆		慨然
惠子	弔			
莊妻	長 老 死	子 身	巨室 巨室	偃然 偃然

小朋友試著練習寫一篇短文心得，文章要分三段，包含：大意、心得、出處。

_____

_____

_____

_____

_____

_____

_____

_____

_____

_____

27

曾國藩也會受騙

當金陵的事務才剛處理完畢，就有一個人去拜見曾國藩，在談話之間提到如何用對人辦事，他們還討論千萬不要用不誠實、會行騙的人做事，客人用充滿正義的口吻說：「會不會被人騙，那還要看每個人的品行如何，像大人你這麼誠懇厚道，就算遇到騙子，騙子也不忍心欺騙你，不過也有受騙了還不知道檢討自己，像這種人到處都

是。」

　　曾國藩聽了很高興，就把他當做貴賓招待，還把重要的事交給他去辦，沒多久，這位客人拿了曾國藩家中貴重的物品走了，曾國藩百思不解，他撫著鬍鬚自言自語：「人家不忍心欺騙我？」左右的人看曾國藩的模樣，都掩嘴偷笑。

有些人不善說話，你不知道他心裡在想什麼；有些人說話很好聽，容易令人對他有好感。不會說話的人做事和會說話的人做事，有什麼差別呢？小朋友試著用心觀察和比較，試試看，找出說話和做事的關聯性。

_____

_____

_____

_____

_____

_____

_____

_____

_____

創意寫生簿

請小朋友用自己的方式畫一個故事，不必畫得很好，即使只有簡單的幾個筆畫也沒關係，只要畫得有意思，能幫助自己說出故事始末，就是好作品。

原文欣賞

當金陵①初復日，有人往謁②曾侯，中間論及用人須杜絕欺騙③。

因大語曰：「受欺不受欺，亦一顧在己之如何耳④。若中堂⑤之至誠盛德，人自不忍欺，或已受欺而不悟其欺者，比比也⑥。」

侯大喜，待為上客⑦，委以政事⑧。未幾⑨，客忽挾重金遁去。

侯乃自捫其鬚⑩曰：「人不忍欺！人不忍欺！」左右聞者，皆匿笑⑪。

清・丁福保【進德錄】

228

文字翻譯機

金陵 ①：現在的南京。

謁 ②：身分低的人拜見身分高的人。

杜絕 ③：拒絕、免除。

顧 ④：要。

中堂 ⑤：主人或坐主位的，指曾國藩。

比比 ⑥：這裡、那裡、到處。

上客 ⑦：最重要的客人、上賓。

政事 ⑧：重要的工作。

未幾 ⑨：不久。

捋 ⑩：用手攬著。

匿笑 ⑪：偷笑。

古人趣聞真精采

句型魔術箱

小朋友回想一下故事內容，找出故事中的人物、事情和發生的地點…等基本元素，依序填入下列表格中。利用這些填入的文字，就可以組成不同的句子喔！（淺字部分只是提示，小朋友請和爸爸媽媽一起努力多讀幾次文章，你會發現更多元素喔！）

人物（主詞）	事情（動詞）	受詞	地	情緒
曾侯	待 論	客 用人		
客	謁 挾 大語 欺	重金		
左右	笑			

曾國藩也會受騙

換我說故事

小朋友試著練習寫一篇短文心得，文章要分三段，包含：大意、心得、出處。

_____

_____

_____

_____

_____

_____

_____

_____

_____

_____

_____

28

楊震不要錢

陽震有又一一次路經昌邑這個地方，昌邑的地方官王密是他從前推薦的人才，感恩的王密特地去拜見楊震，到了深夜，王密身上帶著很多的金子要送給楊震。

　　楊震說：「我和你是老朋友了，我是因為了解你才推薦你，怎麼你這麼不了解我呢？送這些金子來做什麼？」

　　王密說：「現在天黑了，沒人知道的，你不要擔心。」

　　楊震說：「天知道、神知道、你知道、我知道，怎麼會沒人知道？」

　　王密一臉慚愧的告別楊震。

233

生活加油站

表達感謝的方法很多，如果太過分了反而會讓人無法消受，就像王密送金子給楊震，讓人感到像是別有所求。大恩不言謝，真正想幫你的人也許不一定要你回饋。小朋友你曾經受到朋友的幫助嗎？你覺得怎樣表達自己的感謝會比較適當？

_____

_____

_____

_____

_____

_____

_____

_____

_____

創意寫生簿

請小朋友用自己的方式畫一個故事，不必畫得很好，即使只有簡單的幾個筆畫也沒關係，只要畫得有意思，能幫助自己說出故事始末，就是好作品。

原文欣賞

　　楊震道經昌邑①，故②所舉荊茂才③王密，為昌邑令④，謁⑤見。

　　至夜⑥，懷金十斤以遺震。

　　震曰：「故人知⑦君，君不知故人，何也？」

　　密曰：「暮夜無知者。」

　　震曰：「天知，神知，我知，子知。何謂無知？」

　　密愧⑧而⑨出。

南北朝‧范曄【後漢書‧楊震列傳】

文字翻譯機

道 ①：取道。

故 ②：從前。

舉才 ③：推薦人才。

令 ④：地方首長。

謁 ⑤：身分低的人拜見身分高的人。

夜 ⑥：深夜。

知 ⑦：了解。

愧 ⑧：慚愧。

出 ⑨：從室內出來，從一處離開出來。

古人趣聞真精采

句型魔術箱

小朋友回想一下故事內容,找出故事中的人物、事情和發生的地點…等基本元素,依序填入下列表格中。利用這些填入的文字,就可以組成不同的句子喔!(淺字部分只是提示,小朋友請和爸爸媽媽一起努力多讀幾次文章,你會發現更多元素喔!)

人物（主詞）	事情（動詞）	受詞	地	情緒
楊震	道 舉 知	昌邑 王密 王密		
王密	懷 遺 謁 出	金 楊震 楊震		愧

換我說故事

小朋友試著練習寫一篇短文心得，文章要分三段，包含：大意、心得、出處。

_____

_____

_____

_____

_____

_____

_____

_____

_____

_____

_____

29

劉邦分餅的哲學

漢高祖論功行賞，賜給蕭何特別多的封地和奉祿。其他的功臣憤恨不平的說：「我們披甲持槍上戰場，出生入死好幾百回，蕭何從來沒有上過戰場，只是舞文弄墨發表言論，卻得到比我們高的官階和豐厚的獎賞，這是為什麼呢？」

高祖說：「你們知道打獵的時候，去追殺野獸的是誰？是狗；發號司令的是誰？是人。你們的功勞就像那些獵狗，至於蕭何，他是幕後動腦筋的人，運籌帷幄才能制勝，他是發號司令的那個人。」所有的人聽了，都不敢再有意見。

生活加油站

小朋友，想一想，如果以球賽作比喻，贏的那一方，教練和球員誰的功勞比較
多？誰又流汗比較多？流汗多就代表功勞大嗎？

劉邦分餅的哲學

創 意 寫 生 簿

請小朋友用自己的方式畫一個故事,不必畫得很好,即使只有簡單的幾個筆畫也沒關係,只要畫得有意思,能幫助自己說出故事始末,就是好作品。

原文欣賞

高祖封[1]功臣，酇[2]侯蕭何食邑[3]獨多。

諸功臣皆曰：「臣等披堅執銳[4]，多者百餘戰，少者數十合，蕭何未嘗有汗馬之勞[5]，徒[6]持文墨議論，顧反居臣等上，何也？」

帝曰：「諸君知獵[7]乎？逐[8]殺獸者，狗也。發縱[9]指示[10]者，人也。諸君徒能得走獸耳，功狗[11]也。至如蕭何，功人也。」群臣莫敢言[12]。

元・曾先之【十八史略】

文字翻譯機

封 ①：獎賞、分配。

鄑 ②：地名。

食邑 ③：銀兩、土地。

披堅執銳 ④：穿盔甲拿武器、上戰場。

汗馬之勞 ⑤：騎馬作戰的辛勞。

徒 ⑥：只是。

獵 ⑦：打獵。

逐 ⑧：追逐。

發縱 ⑨：發號命令。

指示 ⑩：命令。

功狗 ⑪：像狗那樣跑腿的功勞。

莫敢言 ⑫：不敢說話。

句型魔術箱

小朋友回想一下故事內容，找出故事中的人物、事情和發生的地點…等基本元素，依序填入下列表格中。利用這些填入的文字，就可以組成不同的句子喔！（淺字部分只是提示，小朋友請和爸爸媽媽一起努力多讀幾次文章，你會發現更多元素喔！）

人物（主詞）	事情（動詞）	受詞	地	情緒
高祖	封	言		
臣	披 執 持 議論	堅 銳 文墨		
狗	逐殺	獸		
人	發 縱	指示		

換我說故事

小朋友試著練習寫一篇短文心得，文章要分三段，包含：大意、心得、出處。

_____

_____

_____

_____

_____

_____

_____

_____

_____

_____

30

歐陽修老愛修文章

歐陽修年老時，經常整日看自己的文章，找出不妥的地方加以修改訂正，而且非常認真的思考，如何才能把文章改得更好。

他的夫人叫他不要再這麼辛苦了，對他說：「你幹麻這麼自找麻煩？現在還怕老師來找你毛病嗎？」

歐又陽永修灵笑玉著巻說是：「不灸是戸怕灸老灸師戸找巻我垒的垒毛是病急，是戸怕灸後豪來娄的垒年灵輕急人昂笑灵我垒寫灵得垒不灸好亥。」

有些書讀過了，就不必再讀了嗎？有些功課作過了，就表示永遠會了嗎？隨著時間和環境的不同，價值認定也會跟著改變。小朋友可以找出以前看過的書，或是做過的作業，再看一遍，看一看有沒有新的想法或意見。

_____

_____

_____

_____

_____

_____

_____

_____

_____

創意寫生簿

請小朋友用自己的方式畫一個故事，不必畫得很好，即使只有簡單的幾個筆畫也沒關係，只要畫得有意思，能幫助自己說出故事始末，就是好作品。

原文欣賞

　　歐陽文忠公晚年①，常日：竄定②平生所為文，用思③甚苦。

　　其夫人止之④，曰：「何自苦如此？尚⑤畏⑥先生⑦嗔⑧耶？」

　　公笑曰：「不畏先生嗔，卻怕後生笑⑨！」

明・顧元慶【簷曝偶談】

文字翻譯機

晚年 ①：老年。

竄定 ②：重新修改訂正。

用思 ③：用腦筋。

止 ④：阻止。

尚 ⑤：還。

畏 ⑥：害怕。

先生 ⑦：老師。

嗔 ⑧：責怪。

後生 ⑨：晚輩。

句型魔術箱

小朋友回想一下故事內容，找出故事中的人物、事情和發生的地點…等基本元素，依序填入下列表格中。利用這些填入的文字，就可以組成不同的句子喔！（淺字部分只是提示，小朋友請和爸爸媽媽一起努力多讀幾次文章，你會發現更多元素喔！）

人物（主詞）	事情（動詞）	受詞	地	情緒
歐陽修	竄定 為 畏	文 文 後生		
夫人	止			
先生	嘖			

換我說故事

小朋友試著練習寫一篇短文心得，文章要分三段，包含：大意、心得、出處。

_____

_____

_____

_____

_____

_____

_____

_____

_____

_____

推動古文經典的團體有哪些？

近十年來，讀經、唱詩、欣賞古文的復古之風已經吹遍全球各地的華人社會，各級學校也有家長志願帶領讀經班，以下提供一些推廣單位的聯絡電話和網站給大家參考。

■ 華山書院讀經推廣中心
電話：(02)2949-6834、29496394
傳真：(02)2944-9589

■ 台北縣讀經學會
電話：(02)26812657

■ 福智文教基金會
電話：台北(02)25452546　台中(04)23261600
網址：www.bwmc.org.tw

除了以上的單位，下面的單位也會有不定期的兒童讀經班開課，但由於很多屬於班級經營，課程經常會隨著孩子的畢業而中斷，招生資訊也多半是以社區小朋友為對象，通常並不對外公開，有興趣的家長或朋友要努力打聽一下才會知道喔！

■ 各地孔廟。

■ 各小學愛心家長帶領的晨間讀經班。

■ 坊間一些安親班，也有的會附設兒童讀經班。

■ 一些佛教的精舍，也會開辦讀經班，不只讀佛經，也讀四書五經。

106-□□

台北市新生南路三段88號5樓之6

揚智文化事業股份有限公司　　收

□□□-□□

地址：　　　市縣　　鄉鎮市區　　路街　段　巷　弄　號　樓
姓名：

Leaves
Publishing

 書號 L8303　　書名 古人趣聞真精朵

葉子出版股份有限公司

讀・者・回・函

感謝您購買本公司出版的書籍。
為了更接近讀者的想法，出版您想閱讀的書籍，在此需要勞駕您詳細為我們填寫回函，您的一份心力，將使我們更加努力！！

1.姓名：_____

2.性別：□男 □女

3.生日／年齡：西元_____ 年_____月 _____ 日____歲

4.教育程度：□高中職以下 □專科及大學 □碩士 □博士以上

5.職業別：□學生□服務業□軍警□公教□資訊□傳播□金融□貿易
　　　　　□製造生產□家管□其他_____

6.購書方式／地點名稱：□書店_____□量販店_____□網路_____□郵購_____
　　　　　　　　　　　□書展_____ □其他____

7.如何得知此出版訊息：□媒體_____□書訊_____□書店_____□其他_____

8.購買原因：□喜歡讀者□對書籍內容感興趣□生活或工作需要□其他

9.書籍編排：□專業水準□賞心悅目□設計普通□有待加強

10.書籍封面：□非常出色□平凡普通□毫不起眼

11. E - mail：_____

12喜歡哪一類型的書籍：_____

13.月收入：□兩萬到三萬□三到四萬□四到五萬□五萬以上□十萬以上

14.您認為本書定價：□過高□適當□便宜

15.希望本公司出版哪方面的書籍：_____

16.本公司企劃的書籍分類裡，有哪些書系是您感到興趣的？

□忘憂草（身心靈）□愛麗絲（流行時尚）□紫薇（愛情）□三色堇（財經）
□銀杏（食譜保健）□風信子（旅遊文學）□向日葵（青少年）

17.您的寶貴意見：

_____

☆填寫完畢後，可直接寄回（免貼郵票）。
　我們將不定期寄發新書資訊，並優先通知您
　其他優惠活動，再次感謝您！！

葉子
Leaves
Publishing

根
以讀者爲其根本

莖
用生活來做支撐

葉
引發思考或功用

果
獲取效益或趣味